暗狩之师

[日] 梦枕貘 著

曹逸冰 译

昆仑王

下

湖南文艺出版社
HUNAN LITERATURE AND ART PUBLISHING HOUSE

博集天卷
CS-BOOKY

目录

CONTENTS

閣
狩
り
師

第一章 咒禁

闇狩り師

没想到祈祷师与落魄阴阳师中，
竟有这般体术出神入化的高手。

1

潮湿的空气，凝重而混浊。

凝滞寒凉。

房间四周皆为土墙。

与外界温度相同的空气，填满整个房间。

脚下则是泥地。

苍蓝的月光，透过高处的采光窗射到房中。

那是一间土墙仓房。

没有灯罩的灯泡，挂在贯穿房顶的粗大横梁上。

灯光下，有三男一女。

久我沼佐一郎。

红丸。

津川。

三个男人正盯着一个女人。

那个女人，正是多代。

多代一丝不挂。

两个手腕皆被绑住。绳子绕过上方的横梁，系在其中一根柱子上。

多代全身上下，唯有脚尖接触地面。

此情此景，撩拨着观者的情欲。

发丝覆上多代的脸。

只见多代透过发丝间的缝隙，用双眸狞视那群男人。

"女人——"津川开口说道，"再这么下去，你会死的。"

声音枯燥无味。

多代却闭口不言。

只是瞪着津川，眼睛含着强光。

"只要老实交代寒月翁在哪儿，你就能活命。"

然而，多代还是选择了沉默。

嘴唇已呈紫色。

毕竟，她已在接近冰点[1]的环境下暴露了许久。无数瘀伤浮上她的肌肤。她的乳房上还有一道道触目惊心的红印。

伤处早已渗出了血。

多代的身体不住地小幅颤抖。

换作常人，怕是早已瘫倒在地，奄奄一息了。

"你确实坚忍不拔，绝非寻常女子可比。说不定，你还能撑上二十分钟。不，也许还能再多五分钟。搞不好，还能再活一分多钟，"津川语气平静，不带一丝抑扬顿挫，"但你绝对撑不过一小时。人是没法在这种状态下活过一小时的。再过不到三十分钟，你应该就会一命呜呼了——"

---

[1] 水的凝固点。在101.325千帕下，冰点为0℃。——编者注（如无特殊说明，本书脚注皆为译者注）

那是客观陈述事实的声音。

津川的声音，能在这种场合发挥出不可思议的震慑力。

"给我说——"

津川说道。

奈何多代死活不开口。

"这样不行啊。"

红丸说道。

红丸身着长款黑色大衣。肤色偏白——是那种叫人感觉不到生命力的雪白。

"她不信你。她似乎觉得，交代了反而死得更快。"

红丸呼出股股白气。

漏出红唇的声音冷酷无比，不带分毫情绪。

来自上方的灯泡亮光，在多代的乳房下形成浓重的黑影。

"×。"

就在这时，佐一郎低声咒骂，行动起来。

他冲到多代跟前，伸出双手去掐她的脖子。

"呃咯……"

惨叫着蜷起身子的，却是佐一郎。

因为多代命中了他的腹部。

她用膝盖一顶。

虽说她状态欠佳，无法使出全力，膝盖却仍击中了佐一郎的腹部，达到了反击的目的。

不仅如此，多代的脚也以雷霆之势攻向了佐一郎的头部。

津川及时介入，以手肘接下多代的脚。

并将佐一郎拽出了多代脚掌的攻击范围。

"我……我要弄死你们！你们害死了我儿子！砍了他的头——"

佐一郎捂着肚子，大吼大叫。

"小心点，她比蛇蝎还要危险。"

津川如此说道，同时扶起佐一郎。

"女人——"红丸说道，"看着你这般意志坚强的女人受折磨，着实是一种享受……"

多代被捆住的两个手腕已然肿得发紫。

十根手指惨不忍睹，半数指甲被硬生生撬起。

伤处流出的血已然半干。

无论遭受怎样的折磨，多代都拒绝开口。约莫十分钟前，她被带到这间仓房，吊了起来。

"你可知，何为人之极乐？"

红丸用如歌唱一般的语气询问多代。

"那就是，让他人屈服于自己的意志——"

他微微一笑。

微笑着走向多代。

多代抬脚踹他。

他以左掌轻轻挡开。

站在多代面前。

几乎能与多代的身体相触。

二人的身高相差颇大。红丸一上前，便能自然而然俯视多代。

此刻的多代已不再动作。她曾多次试图以脚发动攻击，奈何每一脚都被他挡开了。

她抬头怒视红丸。

红丸则从正上方俯视她的眼眸。

"好美的眼睛——"

他喃喃自语。

随即用双手裹住多代的脸颊。

隔着她的发丝，以唇轻触她的额头。

红丸的手缓缓下滑。

他移开贴在多代额上的唇，自上方俯视着她。下方的多代则报以狞视。

突然，红丸将力量注入手掌。

"嚯……"

俯视着多代的红丸面露微笑，喃喃细语。

他缓缓低下头去。

头部停在与多代的胸口同高的位置。

眼前便是多代的双峰。

红丸站起身来，俯视多代的眼睛。

只见她的眼眸中，隐约现出几缕甜腻的光。

"嚯……"红丸微微一笑，喃喃道，"原来你是这种女人。"

2

红丸纤细灵动的指尖，伸向多代的胯下。

多代裸露的肌肤染上潮红。

被灯泡照亮的这一幕，浮现在库房潮湿的空气中。

何等淫靡。

佐一郎和津川在一旁默默注视。

红丸缓缓转身。望向佐一郎和津川。

佐一郎眼里，多了某种释出强光的东西。他半张着嘴，盯着红丸和多代，呼吸略显急促。

津川则站在那里，几乎无法从他脸上读出任何情绪。

"津川——"

红丸说道。

"在。"

津川回应。

"能上她吗？"

红丸喃喃道。

"能。"

津川的语气依然平静。

"来。"

红丸发号施令。

"好。"

津川应了一声，走上前去。

面不改色，解开腰带。

朝多代和红丸走去。

他绕到多代身后，停了下来。

将裤子脱到脚踝处。

红丸站在多代面前，看着她的脸。

"慢慢来。"

红丸近距离盯着多代的脸，如此说道。

"好。"

津川轻声回应。

多代咬紧牙关，眉头紧锁。

津川从后面抱住了多代。

多代瞪着红丸的眼眸中，生出了甜腻的光芒，仿佛一触即化。

视觉的焦点悄然远去。

微笑浮上红丸的红唇。

"呜！"

多代叫唤起来。

津川继续进攻着。

多代咬紧牙关。

咬牙忍受袭向自己的力量。

"畜生——"

多代喊道。

"畜生——"

她呻吟道。

正要主宰她的欲望，强过指甲被撬起带来的痛苦，也强过此刻笼罩她全身的寒气。

"说吧。说出来，它就会如你所愿。"

红丸用温柔的声音喃喃道。

"即使最后还是得杀了你，我也会在那之前让你尽情享受男人的滋味……"

"畜生！"

多代大吼。

怒目圆睁。

"说，寒月翁在哪儿？"

红丸说道。

话音刚落，他便微微眯起眼睛。

缓缓回望后方。

抬起头来。

将目光投向靠近天花板的采光窗。

随即勾起唇角。

"怎么了？"

佐一郎询问红丸，一脸惊恐。

红丸仍抬头看着那扇窗。

苍蓝的月光，自窗口洒入库房。

"津川，这里交给你了。"

红丸嘟囔着，弯曲膝盖，略略压低重心。

"咻！"

双唇发出细微的笛声。

只见红丸伸展身体。

原地起跳。

朝着一旁的墙壁。

他飞身跃向墙壁，然后以右脚踢墙。

飞向更高的半空。

他用双手抓上头顶的横梁。

再顺势将自己的身体拉上横梁。

唰。

唰。

红丸沿房梁移动。

挪向天花板边的窗户。

他站在房梁上，而那窗户恰好位于他伸手可以触及的位置。

窗户并不算大。

红丸以手扶窗框，把头伸了出去。

眼看着他的身体悄然浮起，如蛇一般移到窗外。

窗口显然窄于红丸的肩宽，他却毫无阻碍地钻了出去。

他似乎可以随意卸下自己的肩关节。

最后，红丸右脚的鞋底也消失在了窗外。

3

红丸立足于屋顶，全身沐浴着苍蓝的月光。

正是在土墙仓房的屋顶。

同一个屋顶上，还有另一道人影。

位于屋顶的坡面上方。

只见那人将一只脚踩在屋脊上，一言不发，俯视红丸。

那是一个男人。

穿黑色长裤配黑色 T 恤，外加黑色夹克。

皮肤白得可怕。

长相年轻，乍看还以为是个男孩，浑身上下却散发着成熟男子特有的气场。

那人将双手插在黑夹克的口袋里，与红丸一样，任凭苍蓝的月光打在全身。

他沐浴在蓝色的月光下，仿佛整个身体都湿透了。

那人正是龙王院弘。

"你是谁？"

红丸立于屋顶坡面下方，开口问道。

"我叫龙王院弘——"

那人——龙王院弘说道。

"你刚才……可是在窗口偷看？"

红丸又问。

"呵呵。"

龙王院弘微微呼出一口气。

风不住地撩拨他的发丝。

"我确实看了两眼。"

龙王院弘回答。

"你和寒月翁是一伙的？"

"就算我说自己与他无关，你们大概也不会信。"

"毕竟无论如何，相信他人都是最危险的行为。"

红丸说道。

"既然如此，再讨论下去也没有意义。"

"确实。"

"那就只能动武了？"

龙王院弘一字一顿。

话音未落，笑意便浮上了他的嘴唇。

两人的笑容，竟有某种难以名状的神似。

"是啊。"

红丸如此回答。

悄然压低重心。

两人的唇角，都浮现出了强烈的笑意。

红丸缓缓移动起来。

在月光下，走向位于高处的龙王院弘。

龙王院弘仍以双手插兜，打量着逐渐逼近的红丸。

似有苍蓝的月光缠上那具徐徐升高的身体，悠然荡漾。

不，那并非月光。

而是源自红丸体内的……

气。

红丸无意掩饰自己身体满溢的气。

也没有刻意向外释放。

他不过是让充满身体的东西自然溢出，流入夜气罢了。

溢出的气与月光相互作用，似苍蓝的火焰。

虽然微弱，却是常人也能以肉眼捕捉到的光。

通常情况下，普通人绝不可能用肉眼看到气。

红丸的气，却是肉眼可见。

红丸此刻积蓄在体内的气，似乎特别容易对月光产生感应。

在红丸靠近的同时，焰色的浓度逐渐加深。

双方之间的距离不断缩小。

就相对位置而言，身处高处的龙王院弘更具优势。

然而，红丸似是不以为意。

龙王院弘也在体内聚气。

将气压在体内，以免其外泄。

他不过是纹丝不动地站在那里，便已将体内的弹簧压缩到了极致，蓄势待发。

月光同样倾泻在他身上。

渗入他的血肉，在肌肤内侧不深处与气相触，化作锋利的刀。

由气与月光锻造的刀。

龙王院弘微笑着从体内拔刀出鞘。

红丸先一步走进了龙王院弘的攻击范围。

龙王院弘却按兵不动。

距离进一步缩短。

两人之间的月光瞬间凝住，宛如透明的玻璃。

说时迟那时快，玻璃碎成无数片，飞溅开来，在空中闪闪发光。

"呜！"

无声的气息，自龙王院弘紧抿的双唇迸发。

嗖！

龙王院弘的脚破空而起，直冲红丸而去。

正常状态下朝对手的肩膀使出的低踢，在地势的作用下升级成高踢。

龙王院弘的右脚以雷霆之势，自侧面攻向红丸的太阳穴。

红丸微微低头。

眼看着龙王院弘的右脚高速掠过紧挨红丸头顶的空间。

不，那只右脚竟在看似要掠过去的时候，突然改变了方向。

脚跟冷不防砸向他正下方的红丸头顶。

速度几乎保持不变。

——降龙脚。

这一招的精髓，便是"假装从侧面攻去，实则自正上方攻击对方的天灵盖"。

这一拨攻击被硬生生接下。

红丸双臂交叉，置于头顶，接住了那只从天而降的右脚。

"啧。"

见红丸接下了这招，龙王院弘立即抬脚收腿。

红丸则以同样的速度飘然上前，仿佛整个人浮上了半空。

冰凉的恐惧，瞬间笼罩龙王院弘的全身。

因为红丸瞄准了龙王院弘的胯下。

"呜……"

龙王院弘强忍着脊柱如同被连根拔起一般的恐惧，调动即将收回原处的右腿，弯曲膝盖。

红丸的拳头，落在那弯曲的膝盖上。

一下。

两下。

刚被击中时龙王院弘还不以为意，可不等他把脚彻底收回，红丸打击的力度竟骤然变大。

龙王院弘立时失去平衡，大幅向后跃去。

沿着屋顶的斜坡，向后滚了两三圈。

这才停下。

龙王院弘站了起来，自坡下往上看去。

红丸就站在他先前的位置，俯视着他。

龙王院弘的右腿出现了轻微的麻木感。

正是红丸以拳击打的部位。

拳头上，承载了大量凝重的气。

"身手不错啊……"

坡上的红丸喃喃道。

"你也不赖……"

龙王院弘嘟囔道。

声音微微发颤。

"我竟然……在抖？"

龙王院弘心想。

"我也许会败在他手上……"龙王院弘内心深处冒出了这样的念头。

他怕。

仿佛是为了逃避这份恐惧，龙王院弘向右移去。

红丸紧跟他的脚步，朝着同样的方向移动。

直至屋顶一侧的尽头。

见龙王院弘已无路可走，红丸立刻沿坡面冲来，迅疾如风。

"啧。"

"煞！"

两个声音激烈碰撞。

转瞬，两人已过了数招。

龙王院弘暗暗咂舌。

乱葵也好，寒月翁也罢，还有眼前的红丸……没想到祈祷师与落魄阴阳师中，竟有这般体术出神入化的高手。

不同于恐惧的某种感觉——某种并非令人愉悦，非寒气的东西，一阵阵扫过龙王院弘的背脊。

两人再次分开。

这一回，他们面对面站在了坡面中段。

唇角都挂着笑。

"你居然在笑——"

红丸说道。

"你也一样。"

龙王院弘说道。

说时迟那时快。

红丸骤然行动起来。

龙王院弘明明不在他的攻击范围内。

他的动作却显然建立在"对方的躯体触手可及"这一前提下。

右掌做出猛推向龙王院弘的动作。

一看到那个动作，某种念头瞬间闪过龙王院弘的脑海。

——是那招?!

他心想。

那是他亲身体验过的招式。

脖颈的汗毛根根竖立。

"呜!"

龙王院弘面部抽搐，往侧方倒去。与此同时，攻击自他背后袭来。

那是一团几乎化出了实体的杀气。

那团杀气自背后袭向龙王院弘。

砰!

巨响传来，龙王院弘的头发几乎被卷上天际。

气团击中夹克的下摆，险些将夹克掠上天去。

龙王院弘以四肢撑地，趴在屋顶的瓦片上，浑身战栗。

看着红丸，脊背发凉。

上次遭遇这招的情景还历历在目。

就是这一招，让他一败涂地。

弗里德里希·博克。

与红丸使出同一招的人，就叫这个名字。

和那次如出一辙。

对方明明在他正面出招，力量却从全然不同的方向——他背后砸了过来。

方才也是。

红丸明明是从龙王院弘正面发起了进攻。攻击汇成的力量，却从龙王院弘身后袭来。

红丸的手无须接触龙王院弘的身躯，也能造成与直接接触同等程度的伤害。

"呵呵，"红丸低声笑道，"看来……你好像不是第一次接这招啊。"

"那是什么招式？"

龙王院弘问道。

"鬼劲。"

红丸语气平静。

悄然上前一步。

"鬼劲？！"

龙王院弘仍保持以四肢撑地的姿势，向后退去。

"要不要再试试——"

红丸说道。

似寒气袭来的恐惧涌上龙王院弘背脊。

"啧。"

龙王院弘以四肢爬行。

爬向右侧。

同时起身。

随即发足狂奔。

冲下屋顶的斜坡。

下到边缘，便飞身跃入夜空。

朝着月亮，轻盈舞动。

美不胜收。

"嚯……"

红丸原地不动，轻声叹道。

唯有天生弹跳力惊人的龙王院弘，才能完成那样的飞跃。

眼看着他稳稳落地。

撒腿就跑。

冲向与外界相连的院墙。

"混账东西，你是谁啊?!"

一个守在墙边的人捕捉到了龙王院弘的身影。

"给我站住!"

他挡住了龙王院弘的去路。

"闪开。"

龙王院弘说道。

速度丝毫不减。

两人迎头相撞。

那人栽倒在地，仿佛没有生命的棍子。

龙王院弘自他身侧闪过，宛若疾风。

飞扑上墙。

一眨眼的工夫，便站上了墙头。

他回头望去。

望向红丸。

"回见。"

他低声说道。

随即消失在墙头。

只留下了一片倾盆而降的月光。

第二章 鬼犬

闇狩り師

一个兽头，正要钻出那个男孩的嘴。

1

月光落在路上，白得晃眼。

这是一条未经铺设的土路。

月光一落地，仿佛就被冻结在了路面上。

大气中的微粒似乎也被冻成了冰碴，在被车灯照亮的前路闪闪发光。

露木圭子紧握方向盘，注视着冰冻的路面。

车里暖气很足，但外界的气温怕是已跌破冰点。

她孤身一人。

二十岁出头的模样。

一头长发。

柔顺的发丝自肩膀流向后背。

肤色白皙。

看起来几乎没化妆。

似乎抹了与嘴唇的本色相近的口红，但面部肤色大体上原样未动。

无须用眼影之类的东西强调，眼部轮廓也清晰可辨。

足见她的眼睛有多大。

时速直逼七十迈。

单看速度，确实不算太快，但这毕竟是一条七拐八拐的山路。说她开得"相当快"也不为过。

两侧尽是落叶松林。

叶片早已落光。放眼望去，仿佛成群结队的枯树。

哪怕弯道当前，她——露木圭子也只做最小幅度的制动。

打方向盘的动作很是娴熟。

她绝非只开过柏油路的司机。

牛仔裤配毛衣的装扮。

穿得随性，却不会给人以"随便抓两件手头的衣服往身上一套"的印象。

看似休闲随意，却也是精心搭配过的。

几乎以原速度驶过一条左弯道时，圭子踩了急刹车。

停了下来。

"孩子？"

她轻声惊呼。

咔——轮胎没能咬住泥土，侧滑了一段路。因为急刹车前，方向盘是往左打的。

之所以刹车，是因为驶过弯道时，她突然发现眼前有个孩子。

穿着中裤的孩子，浮现在车头灯的光芒中。

所以她猛踩刹车。

"撞到了？"——这个念头一闪而过。

她透过风挡玻璃，环视车外。

在那儿。

只见男孩仍站在方才的位置，茫然凝视黑暗的深处。

离她约莫五米远。

踩刹车的时间再晚上一秒，他都会被活活撞飞。

问题是——

他怎么就没注意到呢？

怎么会没注意到有车过来了呢？

车都离他那么近了，怎么可能无知无觉？

是耳朵听不见？

还是眼睛不好使？

或者是……精神有问题？

那个孩子——男孩一言不发，抬头望天。

月光倾泻在他身上。

略略弓背。

身材瘦削。

下身着中裤，上身则是破旧的毛衣。

车灯下的身姿与流浪儿无异。毛衣、中裤与头发皆是不干不净。

露出中裤的两条腿细若枯枝。

膝盖微微向前凸。

圭子此刻的位置，刚好在男孩的左侧。

一时间，她有些犹豫。

犹豫自己该不该撂下这个男孩，继续前进。

就算她一走了之，也不会受到任何人的指责。上前搭话，反倒有可能背上麻烦的包袱。如果男孩确实有异常之处，搞不好她还会惹祸上身。

他也许会突然发动袭击。

搭了话，便要承担责任。

他要是开口请她捎他一程，她也不好断然拒绝。

男孩的同伴在不在附近？

圭子环顾四周。

不见人影。

如果男孩是跟别人一起来的，而且那人就在附近，那人就一定会注意到刚才的刹车声。只要注意到了，就必然会现身。

毕竟，轮胎刚与地面发生了激烈的剐蹭。

那男孩似乎真是孤身一人。

可他怎会一个人待在这种地方？

怎会全然不顾差点撞到自己的车？

也许……还是直接走人为好，别跟他说话了。

至少，男孩没有主动来找圭子，甚至没有与她进行眼神交流。

先倒车，再从他身后开过去，便能勉强开过这段路。

圭子犹豫不决。

她在踌躇时啧啧咂嘴，关闭车灯，伸手拿起副驾驶座上的羽绒服，打开车门。

来到车外。

寒气笼罩全身。

居然这么冷——

圭子切身体会到了户外的寒冷。

而那个瘦削的男孩竟穿着中裤，站在同一股寒气之中。

没有了车灯的光亮，男孩的身影依然清晰可见。

因为还有月光。

"……"

圭子正要开口，却转为沉默。

她停下脚步。

因为她注意到了，包裹男孩周身的细微光亮。

略带蓝色、似薄雾的光，笼罩着男孩周围约两厘米的空间。

刚才还没有的。

不，说不定刚才也有，只是被车灯的光盖住了，看不分明。

圭子心想，搞不好是眼花产生了错觉。

凝眸望去，只觉得那层光亮微弱得好像随时都会消失。可忽地松劲，又能看到光亮仍在原处。

那是一种朦胧的磷光。

仿佛将萤火虫的光淡化到了若隐若现的程度。

仿佛从天而降的月光先渗入男孩的身躯，再缓缓渗出。

这是何等玄妙莫测的景象。

圭子重重地呼出一口气。

因为她的视线被男孩挡住，让她一度屏住了呼吸。

仿佛是为了回应圭子呼出的气……

噗！

只见男孩的头上，升起了蓝色的火焰。

原来是笼罩男孩头部的磷光悄然变亮，乍看仿佛火焰一般。

圭子将刚呼出的气吸回去。

因为她看见，男孩的头在缓缓转动。

转向圭子那边。原本投向天空的视线，也随着头的转动而下移。

男孩的眼睛看向圭子。

眼眸眯起，眼角迅速上吊。

他骤然张嘴。

喉咙朝天。

"嗷……"

叫声顺畅地泄出双唇，直达月光弥漫的天际。

男孩的身体开始慢慢弯曲。

腰部弯折，上身前倾。

背脊弯成扭曲的角度。

双手向前伸——

以四肢撑地。

一双眼睛自紧贴地面的位置注视圭子，转了几圈。

圭子止住呼吸，目不转睛。

那是一头形态狰狞不祥，却又美丽动人的兽。

圭子真想把吸到肚里的气化作尖叫，肆意释放。

膝盖不住地发颤。

她心想："我得赶紧逃啊。"

身体却违背了自身的意愿，动弹不得。

仿佛中了某种定身咒。

好不容易才动了一下。

右脚后退一步。

她只需要跑回车里，关上车门，全速驶离此地。

奈何她只挪动了那一条腿。

因为那个男孩突然行动起来。

保持四肢着地的姿势。

无异于野兽。

唰唰——

男孩疾驰而来。

冲到圭子和她想要回的那辆车之间，停止不动。

然后望向圭子。

她真想放声尖叫。

她拼命压抑大叫的冲动，将右手伸进羽绒服的口袋。

硬物触及指尖。

她在口袋里攥紧那个东西。

那是一把刀。

而且是外国产的多功能折叠刀。不仅能当刀用，还能当作开瓶器、螺丝刀和开罐器。

男孩猛然张嘴。

上下颌打开到唇角几乎撕裂的地步。

嘴里有什么东西在动。

舌头?!

不，不是舌头。

那东西分明是黑色的，还长着毛。

试图钻出男孩上下齿之间的缝隙。

那是鼻子。

是嘴。

一个兽头，正要钻出那个男孩的嘴。

黑暗中，传来"嘎吱"一声。

声音源自男孩的颞颌关节。

男孩的眼角吊至极限。

上唇已然裂开。

裂口流出的血珠野蛮生长。血水触及试图从他嘴里出来的东西。

那个东西被血水和男孩的唾液打湿，闪闪发光。

男孩已呈三白眼之态。

嘎吱。

嘎吱。

响声不断。

颞颌关节的张开幅度超出了极限，响个不停。

那是何等阴森骇人的声响。

忽然，圭子捕捉到了来自后方黑暗中的声音。

微小。

却包含着清晰可辨的力量。

声音缓缓接近圭子。

带着沉甸甸的量感。

原来是另一头野兽正从黑暗中的某处逐渐向她靠近。

那是汽车发动机的声音。

声音迅速增大。

是柴油发动机特有的声响。

声似巨兽的咆哮。

车头灯的光亮自圭子身后射来。

男孩的身影浮现在那道光芒之中。

兽的下巴已然钻出男孩的嘴。

仍在从男孩体内不断往外挤。

噩梦般的景象。

看着都让人腿软。

就在这时，圭子身后传来响声。

是停车的声音。

但圭子不敢回头去看。

只觉得一旦将目光从男孩身上移开，自己就会立即遇袭。

她又听见了打开车门的声音。

发动机仍在运转。

如巨兽咆哮般的声响仍不断从她背后传来。

踩踏冰冻土地的脚步声混杂于其中，逐渐向她靠近。

脚步声沉重而悠闲。

巨大的人影突然现身于圭子的右侧。

气势如山的身躯，立于圭子身侧。

"不得了——"

那个气势如山的男人低声说道。

明明是第一次听到的声音，她却有种莫名的熟悉感。

他的声音，带着某种安抚心神的回响。

"你是……"

"我叫九十九乱奘。"

来人回答。

语气泰然自若。

他——乱奘刚来到她身侧，圭子便感觉到，先前将她笼罩的那股似咒力的东西，骤然消散。

她进入了乱荛躯体的引力圈，摆脱了定身咒的束缚。

她下意识松开了在口袋里紧握小刀的手。

才握了没多久，刀柄便已浸透汗水，几乎打滑。

"你们是一起的？"

乱荛问道。

"不是的，"圭子摇头道，"我就是碰巧路过，结果撞见了他——"

"哦。"

乱荛点了点头。

圭子望向点头的乱荛。

再次为那巨大的身量所震撼。

宛若巨岩，摄人心魄。

乱荛的左肩上，有一只通体漆黑的小动物。

是猫。

金绿色的眸子如焰似火。

那猫正看着男孩，背部蜷成大大的"Ω"字形。

尾巴朝天竖起，自根部分成两半。

"FUEEEEE……"

那只猫——确切地说，是猫又——沙门发出低沉而沙哑的叫声。

2

"——是它?!"

乱荑暗自嘟囔。

眼前这个即将从男孩口中现身的东西。

正是他在久我沼家看到的"似灵"的本体。

那便是附身久我沼羊太郎的邪祟。

嗤。

轻微的声响传来。

男孩右侧的唇角微微裂开。

只因正要从他嘴里钻出来的东西实在太大。

其实那并非物质。

即便完全化出狗的实体，其实际重量恐怕也不及狗应有的重量的百分之一。

想必它在实体化时吸收了一些物质用作核心——好比男孩的体液，又好比大气等物质的一部分，所以拥有相应的重量。

然而——

它有力量。

它所拥有的力量，应该不逊色实际存在的狗。正是那股力量，在以骇人的势头撑开男孩的嘴。

对男孩而言，它的力量几乎有着物质的属性。

照理说，他此刻正在体验的感觉，与"一只真狗钻出自己的嘴"所带来的感觉并无不同。只是其程度取决于他对从自己体内钻出来的东西抱有多么逼真的想象。

他定能捕捉到毛皮擦过上颚和舌头的触感，甚至能感觉出，卡在上下齿之间的东西有多硬。

他的嘴唇会被严重撕裂，除非他以非常强烈的意志否认那只狗的存在。然而，强行否认往往适得其反。

这与"强迫自己忘记某件事只会事与愿违"是一个道理。

因为，在脑海中强调"那里没有狗"，就等于在强调"那里有狗"。

然而，无论男孩否认与否，都无法撼动"有东西正要钻出他的嘴"这一事实。

而且，那本是无形之物。

为什么它看起来像狗？

不过这种问法的潜台词是——"将形成人的物质分割成无限小，那也是无数无形之物，所以那东西可能看着像人，也可能像狗或其他动物"。

正要钻出来的那东西之所以看起来像狗，是因为它有狗的业力。除非男孩或其他人——或那东西本身抱有某种特殊的意图。

"危险……"

乱癸嘟囔出声。

"危险"的是男孩的身体。

因为试图钻出那具身体的东西力量实在太大。

那狗硬要出来，男孩的嘴唇便会裂开。

在不削弱狗的力量本身的前提下，有若干种方法可以将其安全地引到男孩体外。

就算还是要从男孩嘴里出来，也可以循序渐进，在男孩脑海中勾勒出更为娇小的狗的形象。虽然要花些时间，但总归不至于把男孩的嘴唇撑裂。

然而——

眼看着男孩的嘴唇逐渐裂开，他却似乎感觉不到丝毫疼痛。

此时此刻，掌控那具身躯的并非男孩，而是狗。

"危险？"

圭子在乱奘身边轻声反问。

"我是说那个孩子。一旦不凑巧，你跟我也要遭殃。"

乱奘回答。

圭子周身一颤，向乱奘靠了靠。

男孩朝天鼓起喉咙。

翻着白眼。

只见兽的下巴滑了出来。

"糟糕……"

乱奘迈步上前。

脚却停在了半路。

"啊！"

他喊道。

因为男孩脸色有异。

额头、脸颊等部位浮现出无数黑点，数量不断增加。

眼看着黑点逐渐伸长。

竟是兽毛。

男孩脸上，竟然长出了兽毛。

嘎吱——

嘎吱——

阴森的声响传来。

本就有些驼背的男孩进一步弓背。

连撑地的四肢也在逐渐变形，幻化成另一种东西。

圭子紧紧抓住乱奘，发出高亢的叫声，声似哨声。

"这是什么啊？"

紧挨着乱奘的身子微微发颤。

男孩的身体开始转化为扭曲异形的兽身。

充满男孩的身体，并试图从他嘴里钻出的那股力量是如此之大，以至在他体内激起了同化效应。

男孩的嘴唇与从他嘴里钻出来的兽颚的一部分相融，开始了同化。

"别怕。"

乱奘低声说道，轻轻推开紧贴自己的圭子。

他上前一步，压低重心。

"吱……"

只见从男孩口中钻出的兽翻起嘴唇。

獠牙毕露。

乱奘漫不经心地抬起右手。

就在这时——

乱奘后方突然传来玻璃碎裂的响声。

一连两次。

一直在乱奘身后射出光亮的陆地巡洋舰车灯应声熄灭。

"吱！"

怪叫响起。

男孩高高跃起，飞上天。

乱奘身高约两米，男孩却轻而易举地越过了乱奘的头顶。

尽管男孩处于邪祟附体的状态，但这一幕景象还是直叫人惊叹，人竟能被激发出如此之大的弹跳力。

"趴下！"

乱奘一个横跳，抱住圭子，将巨大的身躯沉到地面。

某种小而硬的东西破空而来，掠过片刻前被乱奘的身体占据的空间。

那便是打碎两盏车头灯的罪魁祸首。

咚！

只听见一声巨响。

男孩猛踹车顶，跳向更高、更远的半空。

唰！

随即落入一旁的落叶松林。

唰！

唰！

男孩发出声响，在林中迅速远去。

乱箦仍护着圭子，趴在地上一动不动。

准确地说，他是"动不了"。

至少，没法在有女人在场的情况下随意行动。

因为来自黑暗深处的强烈杀气，已然将乱箦的身躯笼罩。

片刻前，正是杀气的主人暗中向他发射了某种武器。

若只有乱箦自己，大可闪到一侧，或是跃到空中，办法总是有的。可他不能撂下这个女人不管。

他担心自己一动，冲着他来的武器便会掠过他片刻前置身的空间，伤到身旁的女人。

那杀气是何等骇人。

对方分明是在刻意向乱箦释放杀气。

"别动啊。"

乱箦如此嘱咐圭子，站起身来。

"嗖"——说时迟那时快，有东西冲他飞来。

乱箦将右手抬到面前。

只听见"叮"的一声。

有什么东西脱离乱箦的右手，落在他脚边。

竟是一块碎裂的石头，外加一颗小铁球。

从地上爬起来的时候，乱箦便在右手中藏了一块石头。他就是用石头接下了飞来的铁球。

"指弹啊——"

乱箦喃喃自语。

指弹——一种用手指弹射小铁球，将小铁球用作武器的招式。

"休想去追……"

声音从林中传来，与男孩消失的方向恰好相反。

却不见发声之人的身影，也不知他究竟身在何处。

"别躲着啊。"

乱揆说道。

"呵……

"呵……"

低沉的笑声，自林中的某处回荡开来。

"寒月翁？"

乱揆用沉稳的声音问道。

"曜……"

声音再次响起。

道路与树林的交界处，忽然现出一道矮小的黑色人影。

只见那个人向道路一侧迈出半步。

"你竟知道我的名字——"

那个人——寒月翁说道。

"幸会。"

乱揆轻挥右手，微笑浮上厚唇。

一个东西飞出他的右手，直冲寒月翁而去。

分明是一小块石头。

他不过是轻甩手腕，便将留在右手之中的碎石头掷向了寒月翁。

叮。

轻响传来。

那是坚硬的铁与石块碰撞的响声。

原来是寒月翁对准那块朝自己飞来的石块发射了小铁球，在半空中将其弹开。

"看来你还没得老花眼。"

乱荚说道。

"招呼我早就打过了。"

寒月翁说道。

"招呼？"

"昨晚不是你的手笔吗？"

"你说那个啊。"

乱荚点头回应。

昨天夜里，乱荚将找上佐一郎的似灵"推"了回去。寒月翁指的便是这一出。

似灵刚被"推"走，便有一团与其能量相当的东西自它消失的空间撞向乱荚。

"那算是打招呼啊？"

"是久我沼雇的你？"

寒月翁问道。

"嗯，差不多吧。"

"那就得先把你处理掉。"

"处理？"

"赶在对付红丸之前。你的身手如此了得，同时面对你和红丸我怕是吃不消。要怪就只能怪你不走运，一个人跑来这种地方——"

寒月翁的身体悄然沉到地下。

融入黑暗。

待他的身影融入黑暗之后，句尾才幽幽传来。

"慢着——"

乱奘说道。

无人应答。

寂静的黑暗中，唯有苍蓝的月光自天边洒下。

"回车里去。"

乱奘吩咐圭子。

圭子已经直起了上半身，在一旁静观事态的发展。

"我能动吗？"

"他不会先攻击你的。"

乱奘说道。

寒月翁一旦向她发起攻击，乱奘便会锁定他的位置。

乱奘不认为寒月翁会刻意冒险。

圭子站了起来。

缓缓向车走去。

"先说好，不关那个女人的事。"

乱奘压低重心。

略略曲膝。

如此一来，便能向任意方向瞬间移动。

仍是无人应答。

天知道寒月翁在打什么主意。

他已完全销声匿迹，没有释放出丝毫存在感与杀气。

圭子钻到车里。

关上车门。

却没有点火。

她若试图开车，寒月翁兴许会在那一刻采取某种行动。

但那仅仅是为了"拦下那辆车"而已。乱奘并不认为，寒月翁会突然发动以伤害圭子为目的的攻击。

"我确实是久我沼雇来的，但刚被他炒了鱿鱼。"

乱奘如此说道。

但他也不觉得，寒月翁会照单全收。

"他应该没动。"

乱奘心想。

十有八九是原地未动。

只是藏身于树林边缘的枯草丛中。

他要是动了，乱奘定能捕捉到蛛丝马迹。

所以寒月翁应当还在原处，只是没散发出一丝一毫的存在感。

乱奘会在寒月翁发起攻击的那一刹那有所察觉。毕竟，寒月翁不可能悄无声息地发动致命一击。

若能及时察觉，就能躲过第一拨攻击。

寒月翁会以怎样的形式攻来？

双方拉开了一定的距离。

真要攻击，也不会直接发动近身肉搏。要么用铁球，要么用刀。

若真是如此，乱奘便有十足的把握应对。

问题在于，寒月翁会发动怎样的佯攻。

然而——

寒月翁也有可能按兵不动。

静候乱奘露出破绽。

保持不动，不弄出一点动静。

久而久之，乱奘心中便会生出疑惑。

"他真在那儿？不会是悄悄绕到我背后了吧？"

人一旦开始疑神疑鬼，露出破绽便只是时间问题。

不过，光"等"也很累人。

毕竟身体与精神不可能一直保持紧绷，惦记着"对方会在何时出手"。

局势对乱奘不利。

既然乱奘无意置寒月翁于死地，战斗一旦爆发，斗志的差距便会有所体现。

"呜。"

乱奘喃喃自语。

脚已开始移动。

只见他漫不经心地走向寒月翁刚才站立的位置。

"我不想跟你交手。只想趁着两个人都还没挂彩，和平地分开。"

他边走边说。

全身上下，没有释放出任何一种形式的杀气。

全无戒备。

"而且，刚才那个孩子——看着不太对劲啊。那是你家的孩子吧？就这么撂着不管了？"

乱奘言及此事时，忽有一物破空而来。

是铁球。

乱奘向左歪头，及时闪避。嗖——伴随着一声脆响，铁球擦着乱奘右耳而过。

寒月翁分明就站在乱芜前方不远处。

正是他片刻前藏身的位置。

"咯。

"咯。"

寒月翁笑了。

"你这么坦坦荡荡地走过来，还摆出一副'这条命尽管拿去'的样子，我反倒不好动手了。"

寒月翁说道。

"那我就放心了。"

乱芜说道。

"再加上，我也放心不下那孩子。"

"刚才那个孩子？"

"嗯。"

"他是怎么变成那样的？"

"你得负一半的责任。"

"怪我？"

"因为你在那晚向他砸去了一股强烈的能量。"

"你不也一样吗？"

"没错。双方的能量，就这样在小茂体内相撞。"

"小茂？"

"是那孩子的名字。"

"他怎么了？"

"经过这一撞，栖身于他体内的东西就不太对劲了。眼看着它的力量愈发强大——"

"什么？"

"稍不留神，人就不见了。"

"嚯……"

"我一路找来，却在这儿撞见了你……"

说到这儿，寒月翁微微一笑。

"你这人倒是有趣。"

他看着乱奘，喃喃自语。

"有趣？"

"嗯。一见到你，我这嘴都莫名变快了——"

"呵……"

"被你引得没刹住车——"

"呵呵。"

"你是不是敌人暂且不论。不过，一旦确定你我立场相对，我就会——"

"就会？"

"刚才已经说了。"

"要把我处理掉？"

乱奘说道。

寒月翁没有作答。

只是咧嘴一笑。

缓缓后退。

"喂……"寒月翁一边后退，一边和乱奘说，"报上名来听听。"

双眸微微闪烁。

"九十九乱奘。"

"嚯……"寒月翁点了点头，"我记下了——"

呵呵。

寒月翁无声微笑，退入树林。

脸仍朝着乱奘。

乱奘方才走近多少米，他便后退多少米，然后进一步拉开
距离。

眼看着寒月翁的身影悄然没入黑暗。

"好身手。"

乱奘喃喃道。

身后传来开门的声响。

"怎么样了？"

女人的声音响起。

"没怎么样。人走了而已。"

乱奘回答。

他能感觉到身后的女人走下了她的车。

乱奘转向她。

朝她的车走去。

"刚才那究竟是怎么回事啊？"

圭子如此询问乱奘。

她脸颊苍白，声音仍在颤抖，眼中却生出了难掩好奇的光。

"这——"

"你倒是说啊！"

"三言两语解释不清楚。"

乱奘回答道。

圭子似乎还有话要说，乱奘却将目光从她身上移开，低头
望去。

"瞧。"

乱粲说道。

他用粗大的右手食指指向她那辆车的左前轮。

"这是……"

圭子顿时惊呼。

只见一片薄而锋利的金属片横向扎到轮胎深处，在月光下闪闪发光。

十有八九是寒月翁在她刚才上车的时候发射的。

"不得了。"

乱粲说道。

微笑浮上厚唇。

"怎么办？"

他问道。

"什么怎么办？"

"如果要换轮胎，我可以搭把手。"

"换不了啊。"

"换不了？"

"上星期才爆过胎，我就把备胎换上了，这次也没带新的过来——"

"那我开车送你一程吧——"

"可你的大灯都被砸坏了……"

"开这种车，磕磕碰碰是常有的事，备用灯泡还是有的。我不光带了灯泡，还有柴油、机油……只要是用得上的，我多少都备了些。"

"……"

"除非你坚决不上陌生男人的车。你要是打算在这儿过夜，我也不会拦你就是了。"

圭子借着月光，凝视乱奘。

"那我就蹭个车吧。"

"看来你是觉得我不像坏人了？"

"那倒不是。"

圭子微微一笑。

"不是？"

"我是做好了思想准备。"

"什么思想准备？"

"你真要勾搭我，我也心甘情愿。"

"我可要当真了。"

"前提是，你的手段得足够高明。"

"那我铁定没戏。"

乱奘说道。

"为什么呀？"

"因为我不习惯勾搭姑娘——"

"你不会是想说向来都是姑娘勾搭你吧？"

圭子问道，乱奘却笑而不答。

"送你去哪儿？"

乱奘问道。

"去哪儿……"

"你本来想去哪儿？"

"大坝上——"

"大坝？"

"我是想上去过夜的。"

乱奘却还是一头雾水。

"我是来这儿做调查的，比原计划早到了很多，本想在半路上找家汽车旅馆睡一觉，却出了这种事……于是我就想直接上大坝去，在那儿过夜算了。"

"你要查什么？"

"查一查耶稣会士[1]当年带到日本的东西——"

圭子回答。

---

[1]　耶稣会成员的统称。——编者注

第三章

黑武士

闇狩り師

那个想从男孩嘴里钻出来的东西不是真狗，
而是某个很像狗的东西?

1

1581年——天正九年春，耶稣会士范礼安[1]向织田信长进献了一个黑人。

耶稣会进献了无数珍奇的西方文物，传入新思想，以引起织田信长的兴趣，为传教创造有利条件。

欧洲的镜子。

孔雀的尾羽。

黑色天鹅绒帽子。

产自孟加拉国的藤杖。

洋装。

刻有圣母马丽亚像的金奖章。

科尔多瓦[2]的皮革制品。

钟表。

皮草大衣。

---

[1] 范礼安（Alessandro Valignano，1539—1606），耶稣会意大利籍传教士。
[2] Córdoba 位于西班牙安达卢西亚自治区。

雕花玻璃。

锦缎。

地球仪。

"地球是圆的"——这位天赋异禀的战国武将认为这种观点很是合理，开怀接纳。

说织田信长洋溢着好奇心也毫不为过。

进献给织田信长的不仅限于物品。在为吸引其注意力而进献的礼品中，还有一个黑人。

文献有云：

切支丹 [1] 的属国送来一个黑人。年约二十六，全身黑如牛，健壮高大，力大无穷，可以一当十。伴天连 [2] 来访时将其带来。承蒙信长公威光，得以细细拜见古今未曾有之三国名物，不胜感激。[3]

初见黑人时，织田信长心生疑念。

他怀疑那黑人身上涂有墨水，便命下人搓洗其皮肤，谁知黑人竟越洗越黑……文献中也记载了这段逸事。

"他叫弥助——"

露木圭子凝视着前方的黑暗，在乱奘身侧说道。

"弥助？"

乱奘握着陆地巡洋舰的方向盘，同样盯着前方。

---

[1] 日本战国时代之后对天主教徒的称呼，音译自葡萄牙语"Christão"。
[2] 源于葡萄牙语 padre，意为神父或传教士。——编者注
[3] 出自《信长公记》卷十四。

"就是那个黑人的名字。是织田信长给他取的——"

副驾驶座上的圭子喃喃道。

乱奘的左肩紧挨着圭子的头，沙门蜷缩在乱奘左肩上，睡得正香。

"你要查的就是那个黑人？"

"嗯。"

"哦，"乱奘低声应道，随即发问，"织田信长把他怎么样了？"

"据说织田信长很中意他，在之后的一年多里，几乎是走到哪儿都带着他——"

"之后的一年多里？"

"直到耶稣会进献黑人的第二年，也就是天正十年——1582年6月的本能寺之变[1]。"

"然后呢？那个黑人怎么样了？"

"出事的时候，弥助并不在织田信长身边，而是和织田信忠一起待在二条城。弥助与光秀的手下交过手，最后投降被俘。"

"再然后呢？"

"明智光秀放他走了。"

"嚯……"

"明智光秀说'黑奴不过动物而已，不明事理'，于是就放人了——"

"后来呢？"

"我也不知道。反正主流的说法就是这样。"

---

[1] 1582年6月21日，当时即将统一日本的织田信长于京都本能寺遭到家臣明智光秀叛变，事变中明智光秀讨伐了位于本能寺的织田信长及其后继者织田信忠，逼使两人先后自杀。

"主流？"

"就是最常见的说法。"

"那不太常见的说法呢？"

"大概算野史吧，倒也不是完全没有资料可查。"

"呵……"

"说是弥助四处流浪了一阵子，最后在这一带的山里定居下来。"

"你是怎么知道的？"

"碰巧找到了一份资料，翻着翻着就看见了。"

"碰巧？"

"我起初对织田信长很感兴趣，好奇他究竟是个什么样的人，想围绕他写一篇论文来着。"

"论文？"

"毕业论文啦。"

"你是个学生？"

"东京学艺大学的，大四。不过我确实要比普通学生大一点。"

"嚯……"

"我一开始确实是想写织田信长的，打算聚焦安土城，查一查那到底是一座怎样的城池。"

"然后呢？"

"我想把能查的都查一下，于是就搜集了各种文献，从屋顶瓦片的颜色，到柱子的形状，还有拉门上的画……结果就碰巧查到了弥助的资料。"

"……"

"我听说大阪有个姓川边的人，川边家里收藏了一本介绍古代工匠是如何制作瓦片的书，说是书里也提到了安土城的屋顶瓦片使用的是青瓦。于是我就找了过去，想借这本书看看——"

"于是就发现了弥助的资料？"

"嗯。"

圭子点头道。

就在这时，乱奘向右猛打方向盘。

圭子的身体向左倒去。

山路崎岖。

两人正欲前往黑伏大坝。

行程几乎过半。

"那个川边先生专门收藏古书，家里藏书很多。我去拜访的时候，顺便翻了翻其他书，其中有一本是一个叫'喜仙'的人写的。"

"喜仙？"

"他是个修验僧，用日记的形式描述了上大峰山[1]修行的方法什么的。巧就巧在，他的日记里提到了一个'名叫弥助的体黑之人'。"

"嚯……"

"他说，他在御岳[2]附近的山里见到了一个体黑之人。那人建了一栋小屋，过着跟野兽一样的生活——"

"……"

"当时喜仙跌落山崖，动弹不得，幸好那体黑之人及时赶

---

[1] 位于奈良县南部，自古以来就是修验道的圣地。

[2] 位于长野县与岐阜县交界处的火山，又称"木曾御岳"。

到，救了喜仙一命。喜仙跟那体黑之人同住了一段时间，说那体黑之人身怀不可思议的能力。"

"不可思议的能力？"

"说他能预言第二天的天气，还能徒手捕捉野兽……"

"哦。"

"于是喜仙也在借住期间教了那体黑之人各种修验僧的本领。书里说，那体黑之人很快就修成了六神通——"

"你是说那个黑人？"

"对。"

"六神通啊——"

"你知道？"

"嗯。"

乱奘回答。

佛家所谓的"六神通"，就是佛陀所拥有的六种能力。

天眼通——预知自己和他人的未来。

天耳通——听到常人听不到的声音。

他心通——读懂他人的心思。

漏尽通——破除执着烦恼，达到不惑的境地。

神足通——随意现身于任何一个地方。

宿命通——知晓自己与他人的过去。

"然后呢？"

乱奘问道。

"我认为日记里提到的那个人就是弥助，于是就开始研究他了。我的兴趣已经从安土城转移到了弥助身上——"

"这样啊。"

"我做了些功课，发现弥助好像本就有这方面的能力。"

"……"

"耶稣会士范礼安寄回祖国的信里也提及此事了。"

"信里是怎么说的？"

"比方说，范礼安出门的时候，会问弥助一句'今天怎样'。"

"'怎样'？"

"只要这么一问，弥助就会回答，'今日不妥''要格外小心刀子'或者'可能会下雨'什么的。据说弥助的预言准确率相当高，可神了。"

"嚯……"

"也许织田信长就是看中了这一点，才会一直把他带在身边。"

"你准备把这些都写到论文里？"

"不会写这么详细啦，不过……"

"……"

"据说在二条城的时候，也是弥助最先察觉到了敌人的来袭，有明智光秀的手下留下的记录为证——"

"哦。可这些事跟黑伏大坝又有什么关系呢？"

"你还没想明白？"

"想明白什么？"

"黑伏肯定是黑武士的意思[1]——"

"竟然是这样？"

"搞不好'黑伏'这个地名就是从'黑武士'演变来的。"

"倒是有可能。"

---

[1] 两个词在日语中的发音都是 "kurobushi"。

"是吧?"

圭子说道。

陆地巡洋舰开上陡峭的上坡路。

全天候轮胎紧咬坡面的柏油路,平稳上行。

柴油发动机震响不止,声似野兽的咆哮。乱菊和圭子的臀部和背部也通过座椅感受到了它的振动。

震响之中混有轻微的水声,来自左下方的黑暗处。

那里似乎有一道急流。

连汽车发动机的巨响都无法将水声掩盖。

"我找到的资料当然不止这些。有个叫小松升云的修验僧常来这片山区。我最近刚联系上他的道友,打探到了一些情况。"

"比如?"

"据说小松升云上山前,总会去某户人家逗留片刻。"

"人家?"

"小松升云称其为'黑伏家'。"

"哦。"

乱菊的声音低了几分。

似是对眼前这位露木圭子讲述的故事渐渐生出了兴趣。

"对小松升云而言,拜访黑伏家的人好像比上山更为重要。上山只是顺便,去黑伏家才是正事。那位道友告诉我,黑伏家的人在小松升云心目中的地位无异于恩师。"

"那个黑伏家的人又是什么来头?"

"具体的他也不是很清楚,因为小松升云不太在人前提及黑伏家。对了,据说黑伏家一直养着一条大狗。"

"狗啊——"

"嗯。"

"那个小松升云后来怎么样了？"

"死了。"

"死了？"

"十年前死的。"

"那不就是黑伏大坝建成的那一年？"

"没错。"

"怎么死的？"

"据说是自杀。"

"自杀？"

"人们在大坝湖面发现了小松升云的尸体。"

"哦？"

"小松升云自始至终都反对建造大坝，所以在大坝建成的那一年投湖自尽了——"

"黑伏家的人呢？"

"问题就出在这儿。我怎么都查不到他们的下落。"

"查不到？"

"我之前去镇公所查过，却没查到一户姓黑伏的人家。从古至今都没有。"

"哦？"

"也许黑伏家的人常年隐居山林，都没有登记过户籍信息。你也许很难想象今天的日本还有没户口的人，殊不知这样的人在日本有的是，特别是在大城市。很多流浪汉就算死在街头，你也查不清他们的身份。他们大多舍弃了寻常的社会生活。"

"但那些人不是'没有户籍'，只是查不到户籍登记在哪里吧？"

"对，但黑伏家是压根儿就没有户籍。"

"哦……"

"结合小松升云那边的线索，黑伏家应该就是这样一个家族。早在很久以前，他们就断绝了与尘世的一切联系，隐居山中——"

"……"

"他们的住处八成连'地址'都没有。除了小松升云这样的修验僧偶尔来访，他们和社会大概是没有任何交集的——"

"你的意思是，那个黑伏家的人可能是弥助的后代？"

"很有可能。"

"我也觉得像。"

乱斐说道。

"是吧？"

"你看这个。"

乱斐用右手握住方向盘，将左手伸进夹克的口袋，掏出一片金属。

是刀。

却绝非寻常的刀。

古时的武士除了大刀和小刀，还会随身携带一种被称为"小柄"的刀具。而乱斐掏出的刀，与之颇为相似。

而且一看便知，那刀颇有年头。

"这是？"

"就是刚才插在你轮胎上的东西。"

乱斐回答。

圭子吞咽唾液的声音在车中回荡。

"天哪……"

她语气亢奋。

"呵呵。"

乱奘嘟囔着将刀塞回口袋。

圭子言归正传。

"所以黑伏家的人应该一直都住在深山里，直到最近。"

"哦……"

"直到十五年前。"

"大坝？"

"对，黑伏家的房子这会儿就沉在大坝湖底呢。"

"难怪……"

"什么难怪？"

"就是刚装进后备厢的那些东西——"

乱奘说道。

带圭子出发前，他们将一些东西从圭子那辆车转移到了陆地巡洋舰的后备厢。

包括一顶双人帐篷、一套露营装备和各类食品。不过，乱奘口中的"刚装进后备厢的那些东西"指的并不是这些，而是一套有着特殊用途的东西。

氧气瓶——但压缩在瓶中的并非纯氧，而是空气。

脚蹼。

呼吸管。

潜水服。

陆地巡洋舰的后备厢里，装着一整套水肺潜水装备。

"你要下水？"

乱斐问道。

"是啊，我就是这么打算的。"

圭子回答。

"就你一个人？"

"对啊。"

"太危险了，水还凉。"

"我经验丰富着呢，带的还是七毫米厚的潜水服，不会有问题啦——"

"大坝那边批准了？"

"瞒着他们的。我申请过，但被拒了，所以打算偷偷下水——"

"胆子不小啊。"

"一个人下水确实会有点紧张，但只要没什么突发情况就不会有事——"

"你知道黑伏家在哪儿？"

"知道大概的位置。房子大概已经没了，但石块砌成的地基应该还在，我打算拍两张照片回来，再挖挖周围的土，虽然八成是不会有什么发现的。"

"黑伏家的人现在怎么样了？"

"不知道。"

"怎么会？"

"之前来这边采访的时候，我见过几个本地人。他们知道黑伏家的人原来是住在山上的，但都不清楚那户人家后来怎么样了，只说黑伏家的人可能已经离开这片山区了，毕竟大坝都建成了，房子也沉到湖底了——"

"没补偿吗？"

"大概是拿不到任何补偿吧。毕竟他们是没有'地址'的，估计这些年也没交过税——"

"黑伏家的人跟周边村镇的人来往得多吗？"

"好像是完全不来往的。也就是有人见过他们家的人，每年下山来镇上一两次的样子。"

"黑伏家的人失踪的时候，家里有几口人？"

"据说有一个老爷爷，外加看着像夫妻的一对男女。然后还有一条狗。"

"狗？"

"我采访的人说，是一条大黑狗。"

"知道名字吗？"

"狗的？"

"不，老爷子的。"

"我采访的人都不知道。"

"那你对'寒月翁'这个名字有没有印象？"

"寒月翁？"

"对。"

"没有啊。老爷爷叫这个名字？"

"天知道。我就是有点怀疑，这才问了一下。"

"说起老爷爷……刚才不是有个老爷爷从树林里走出来吗？他就是寒月翁？"

"应该是。"

"应该？"

"我也是头一回见他。"

说着，乱荽调高了空调的温度。

海拔渐升。

空气的温度随之下降。

不知不觉中，路已偏离溪流，转入森林。

昏暗的森林被车灯照亮，树木在道路两旁延绵不绝。混生的榆树与榉树皆是光杆司令。

月光从天而降，落到光秃秃的林中。

车内沉默片刻。

唯有发动机的低沉轰鸣，不断叩击乱荽和圭子的后背。

"我想起来了。"

圭子说道。

"想起什么了？"

乱荽问道。

"刚才那个东西……"

圭子将目光从前面的黑暗处移向身侧。

望向乱荽。

"是狗……"

圭子低声喃喃道。

随即身体一蜷，仿佛是被自己脱口而出的"狗"字吓得毛骨悚然。

"当时肯定是有什么东西想钻出那个男孩的嘴。我看那东西……像狗的鼻子——"

"我也觉得像。"

乱荽说道。

"那到底是什么玩意啊——"

"三言两语是解释不清楚的。那当然不是真正的狗，但'有东西想钻出那个男孩的嘴'是不争的事实。"

"所以我才问那到底是什么啊。"

"比方说……有人在某所大学做了这么一项实验：先找来两个人，让其中一个人拿着香蕉，另一个人在左胸口袋里塞一条红丝巾，再安排他们突然推门冲进一间正在上课的教室，一边往里走，一边打斗。一个人用右手挥舞香蕉，另一个人在教室里四处逃窜，高喊救命——"

"……"

"最后，拿着香蕉的人抓住了逃跑的人，用右手握着的香蕉猛捅对方的胸口。被捅的那个人则尖叫着拽出塞在左胸口袋里的红丝巾……"

"这就是实验的内容？"

"对。当时教室里有近三十个学生，结果有近百分之九十的人将'袭击者'手里的香蕉错认成了刀，又将另一个人从左胸口袋里拽出的红丝巾错认成了血。"

"……"

"因为用手举着的是香蕉，所以看起来才像刀。因为丝巾是红色的，所以看起来才像血。如果用手举着的是网球，从左胸口袋里拽出来的丝巾是黄色的，学生们肯定不会产生那样的误会。"

"你是想告诉我，那个想从男孩嘴里钻出来的东西不是真狗，而是某个很像狗的东西？"

"你很聪明。我就是这个意思。"

"可我还是不明白啊，就不能说得清楚点吗？"

"想从男孩嘴里钻出来的是一团高密度的气，而且它拥有狗的心智。说它比寻常的幽鬼和生灵更具实体感，也许会比较好理解吧。"

"我还是听不懂。"

"不懂也没事。毕竟这个解释有一半建立在我的想象上，有的是其他说法。"

"……"

"你就当附在男孩身上的狗灵想钻出那具身体吧。"

然而，圭子好像仍是一头雾水。

"你这么解释半天，我还是搞不明白。不过……有一件事我是非常确定的。"

"哦？"

"还好现在有你陪在我身边。"

"呵……"

"要不是有你陪着，我早就吓得六神无主了。如果坐在旁边的不是你，我肯定在这个副驾驶座上瑟瑟发抖呢。我应该会让人家送我去离这儿最近的城里，找家酒店待着，而不是跑来这深山老林里——"

"因为你很有胆量。"

"才不是呢。只要你往我身边一坐，我心里好像就有底了，觉得超级安心。"

"那是我三生有幸。"

"唉，这下麻烦了。"

"怎么了？"

"现在有你陪着还好，可你送我到大坝以后就要走了吧？"

"我确实是这么打算的。"

"你这一走，我肯定会怕死的。"

圭子说道。

说完便紧抿双唇，仿佛是在等乱奘开口。

"毕竟你才看到了难得一见的东西。"

乱奘幽幽道。

"唉，"圭子用窃窃私语般的音量问道，"你到底是什么来头啊？"

"我的名头可多了去了。"

乱奘如此回答。

"怎么说？"

"有人喊我'半仙'，有人喊我'挡灾的'，喊我什么的都有——"

"挡灾的？"

"就是帮人驱除附体邪祟的。看到刚才从男孩嘴里钻出来的东西没有？"

"嗯。"

"帮人除掉身上的那种东西，也是我的工作之一。"

"那你是正忙着干活？"

"原来是的，但我刚被炒鱿鱼了。"

"唉，雇你要花多少钱啊？"

"这取决于委托的内容。"

"比如陪一个姑娘待到天亮……"

"那我可不好意思收钱。"

"话说你饿不饿？"

"正好有点饿。这么说起来，我还没吃晚饭呢。"

"我带了不少吃的，还有威士忌呢。我想请你共进晚餐，就是时间略晚了……你愿不愿意来呀？"

"我认识一个很狂的老爷子，名叫真壁云斋。他老说我……"

"说你什么？"

"说我好像有个坏习惯。"

"什么坏习惯啊？"

"习惯把别人端出来的东西吃得一干二净。"

乱奏话音刚落，圭子便咯咯一笑。

"老人家大概是有感而发吧。"

她盯着乱奏的壮硕身躯说道，一副感慨万千的样子。

"英雄所见略同。"

"没关系，把我带来的口粮吃光了也行。不过我也得先给你打个预防针啊——"

"……"

"这顿晚餐可能要费点时间，八成得吃到明天早上。只要你不介意——"

"你要是连早餐也一并包了，我很乐意奉陪。"

"那是当然。"

圭子点头时，陆地巡洋舰前方豁然开朗。

"到了。"

乱奏说道。

车停在大坝湖畔。

乱奏没有关灯，直接下车。

圭子紧随其后，给自己加了一件派克大衣。

宽阔的空间呈现在两人眼前。

苍蓝的月光落于湖面。

车灯射出的光芒，斜着照进广袤的黑暗。

空气中尽是刺骨的寒意。

在前方稍靠左处，可以看到拦住这片湖的混凝土坝体。

明月当空。

柏油路已至尽头。

未经铺设的土路取而代之，通向上游。左侧便是大坝。

圭子指着那条路问道："能不能沿着那条路再往前开一段路啊？"

"你要到上游去？"

"嗯，我想在尽可能靠近黑伏家旧址的地方扎营。"

圭子回答道。

乱菐借着月光凝视圭子，淡淡的微笑浮上厚唇。

"怎么了？"圭子发问。

"我注意到了一件事。"

"什么事啊？"

"没什么大不了的。"

"说来听听？"

"就是黑伏的'伏'字。"

"'伏'字怎么了？"

"把这个字拆开，便成了'人犬'……"

"'人犬'？"

圭子重复了乱菐报出的词组，后背忽地一抖。而她颤抖的原因，似乎不仅仅是因为寒冷。

2

下午三点，乱奘接到了久和听问打来的电话。

他在正午十二点时从黑伏大坝赶回家，草草歇下。算下来，大约睡了三个小时。

今晨七点半，他在黑伏大坝告别了露木圭子。

昨晚，陆地巡洋舰沿着大坝边上的路，往深处行驶了二十分钟左右，最后停在了森林公路上。

帐篷则搭在了地势更低，也更靠近大坝的树林里。

前面有一大块石头挡着。

就算有人经过森林公路，也看不到林中的帐篷。

除非对方身在大坝对岸或湖面上，否则绝无法发现帐篷。

他们在扎营处生了火，共进晚餐。

一眨眼的工夫，圭子带来的三明治便消失在了乱奘的胃中。外加一些苹果、杯面、奶酪、火腿、面包、米饭、速溶味噌汤、蔬菜和橙汁。

圭子带了够吃三天的食物，却被乱奘一下子干掉了三分之二。

眼看着自己端出来的东西被乱奘瞬间收到胃中，圭子反而愈发起劲了，接连掏出各种吃食。

眼见粗大的火腿没了踪影，一升装的橙汁也被他"咕嘟咕嘟"喝到肚里……看着竟还有几分畅快。乱奘的胃口，显然令圭子大感震撼。

"你可太厉害了……"

她盯着乱奘，赞叹连连。

两人就这么围着篝火，喝着咖啡，有一句没一句地闲聊，直至天明。

直到阳光洒上湖面，乱奘才离开扎营处。

圭子告诉他，她计划在帐篷里睡到中午，然后走去大坝，坐公交车下山去镇上采访，顺便采购一番，再给撂在路上的车换个轮胎，最后再回帐篷。

至于实际下水，她打算安排到明天。

"黑伏家的房子啊，应该就沉在离这儿很近的地方。"

圭子如此说道。

"回见。"

乱奘漫不经心地挥了挥手，转身要走。圭子的声音却从他背后传来。

"万一我碰上了什么麻烦，可以给你打电话吗？"

乱奘回头望去。

"到时候，你会不会立刻赶来救我啊？"

"嗯。"

乱奘用沉稳的声音回答道，点了点头，厚唇挂上一丝微笑。

他的微笑充满了不可思议的魅力，任谁见了都不禁心驰神往，倍感安心。

"搞不好你前脚刚走，我的电话后脚就打来了。"

"随时恭候。"

乱奘回答，转身离去。

启程返回东京。

回到自家公寓后，他打电话联系了听问。

他是想通知听问，自己被久我沼家解雇了，所以之前委托听问查证的事情也不必再查了。

在动身前往久我沼家之前，乱奘接到了听问的电话。

在那通电话中，乱奘得知了听问抽身的原委。

于是乱奘便请他在外围帮着查一查久我沼家的底细——如果听问有时间的话。

听问却不在家。

电话答录机对乱奘播报："如有事，在提示音后留言。"乱奘简要叙述了一番，随即钻进被窝，好似归巢的巨大棕熊。

然后，他就被电话铃声吵醒了。

"我听到留言了。出什么事了吗，九十九先生？"

听问说道。

"就是想通知你一声，我被炒了。我们俩都只是应急凑数的，那个叫红丸的才是他们最中意的人选。"

"红丸？"

"是个献祭师。"

"献祭师?！"

"是啊。我也没想到，这年头居然还有人自称献祭师呢。"

乱奘简要讲述了事情的来龙去脉。

"你那边怎么样？你要是查到了，我倒想听上一听。虽然事到如今，知道久我沼家的底细也不能怎么样就是了，但我的兴趣还是有的，而且也有几处关节没能想通。"

"收获倒不算少。我对久我沼家做了些外围调查，果然查出了不少东西。之前出门也是为了这件事。"

"查到久我沼家的仇家了？"

"对久我沼家怀恨在心的人可太多了——"

"果然啊。"

"但只有一起纠纷牵扯到了人命。"

"一起？"

"对，跟大坝有关。"

"大坝?!"

"没错。建黑伏大坝的时候，死了好几个人。"

"当真？"

"单单我查到的，就有六个。"

"六个……"

"嗯，其中五个是参与大坝工程的建筑工人。据说都死于事故。"

"事故？"

"对。"

"什么样的事故？"

"有的是工人干活的时候脚手架突然塌了，有的是挂在脖子上的毛巾被推土机的履带缠住了，工人就这么被扯断了脖子。"

"嚯……"

"结果查着查着，我就发现了一桩怪事。"

"哦？"

"意外身亡的工人总共有五个。我能查到其中四个人的姓名、地址和家庭情况，剩下的那一个人我却查不到地址，也不知道他家里还有什么人。"

"那人是谁？"

"据说叫'秋山征次'，但我觉得……这个名字说不定也是假的。"

"哦嚯……"

"我找了几个当年参与工程的人了解情况，却没有一个人认识那个秋山征次。"

"呵……"

"他们记得另外四个人的名字，却对那个秋山全无印象。"

"有意思。"

"可不是嘛。"

"你刚才说，单单你查到的死者就有六个？剩下的那个死者不是工人？"

"没错。"

"是谁？"

"那人是投湖自尽的，就在大坝建成的那一年。"

"是不是一个叫升云的修验僧？"

乱荚说道。

他能感觉到，电话那头的听问倒吸一口气，似是吃了一惊。

"吓我一跳……您是怎么查到的？"

"回头再告诉你，你先往下说。"

"是这样的，据说在修建大坝的时候，有一户人家被水淹了，但记录里查不到。那户人家的具体情况大家不得而知，不过当地人都称之为'黑伏家'。耐人寻味的是，没人知道那家人在大坝建成后去了哪里，过得怎样。他们就这么失踪了。"

"然后呢？"

"据说建大坝的时候，黑伏家和久我沼家有过一些纠纷——"

听问略略压低音量。

3

陆地巡洋舰好不容易从中野驶入杉并。

青梅街道。

拥堵严重。

由于沿途正在施工，部分路段仅有一侧可供通行。

周围尽是低矮的小轿车。陆地巡洋舰鹤立鸡群，静止不动，发动机发出阵阵吼鸣，宛如野兽。

位于高处的乱笑，将目光默默投向前方。

沙门蜷缩在他的左肩，睡得正香。它似乎格外享受身下厚实的肌肉触感与发动机的振动。

前车动了。

乱笑轻踏油门。

却只往前挪了约莫五辆车车身的距离。

行驶的时间还不及静止的时间长。

从刚才开始，便走走停停。

他低头望向握着方向盘的左手。

上午十一点。

约定的时间已经到了。

乱葵约了久和听问见面。

怕是要迟到十五到二十分钟。

两人约在阿佐谷碰头。

在饭冢英夫家门口。

饭冢英夫在十五年前的黑伏大坝建设工程中担任工地主任一职。

今年应该是五十八岁。

昨天通电话时，乱葵与听问约定了碰面的时间。

两人在不久前先后坐镇于久我沼家。

不过在乱葵赶到久我沼家之前，听问就已经离开了。因为听问与久我沼佐一郎处得不太愉快。

其实启程离开东京之前，乱葵见过听问一面。

他接到了听问打来的电话，在新宿与刚从信州归来的听问碰了个头。

为的是交接工作。

"我总觉得心里不大痛快……"

听问告诉乱葵，久我沼佐一郎对自己有所隐瞒。

"对方不说实话，我就无从下手。一不小心，怕是会搭上自己的小命——"

他向乱葵描述了久我沼家的邪祟是何等凶悍。

于是乱葵便请他调查一下久我沼家的过往。

"是为了这份工作？"

听问问道。

"嗯。要是不了解内情，很多事情也不好办啊。"

乱奘回答道。

他昨天本想打电话通知听问，反正自己也从久我沼家的事情抽身了，往事就不必再查了。

然而，听完听问汇报的调查结果，乱奘便改了主意。

因为这次的事件，可谓疑点重重。

疑点实在太多，即便乱奘被半路解雇，也无法就此撒手。

首先是久我沼家刻意隐瞒的种种。

然后是那个献祭师，"音羽的红丸"。

还有那个叫"龙王院弘"的人。此人投向乱奘的目光很是复杂。

寒月翁。

嘴里差点钻出一条狗的男孩。

露木圭子提起的黑武士"弥助"。

那个女人，更是在乱奘脑海中挥之不去。

多代。

她溜出久我沼家宅院的时候，被乱奘撞了个正着。

就此落到红丸手中。

乱奘也惦记着她的下落。

就在这个节骨眼上，他通过听问了解到了久我沼家与黑伏家围绕大坝工程的恩恩怨怨。

"简而言之，在大坝开建之前，黑伏家的人都不知道有这么回事，不知道那里会建起一座大坝。直到工程开始，他们才知道大坝一旦建成，自家的房子就会沉到湖底。"

听问在电话中如此说道。

"我听说他们过着与世隔绝的生活。不是连地址都没有吗？"

"好像是的，虽然听起来难以置信——"

"然后呢？"

"大力推进大坝项目的，以及实际参与建设工程的，不是久我沼家的公司，就是和久我沼家有着千丝万缕关系的公司——"

"你刚才不是说，工地出过事故，死过人？"

"关键就在这儿。据我所知，因为一连死了好几个人，人还死得莫名其妙，他们就请了个有本事的人来，类似半仙吧——就是我们这样的人……"

"他们请来的就是献祭师。"

"应该是吧，我倒是没查到那么具体的头衔。那人叫红丸？"

"音羽的红丸。"

"哦。据说那个半仙一来，工程就变得顺风顺水了，最后圆满竣工——"

"你刚才不是说，黑伏家和久我沼家有过一些纠纷？"

"总而言之，黑伏家的人是反对建造大坝的，但没人在乎他们的诉求。据说他们住的房子跟棚屋没什么两样，而且……他们毕竟是连地址都没有的黑户——"

听问说道。

别说十五年前了，哪怕是现在，也有人在天然河畔搭建小屋，用以日常起居。

这种小屋当然是没有地址的。

因为那种地方的土地不属于任何人，无论谁住在那里，只要不直接在地上立柱，就不算违法。

换句话说，就算有人把露营车停在天然河的岸边，就此定居下来，也不会受到法律的制裁。

可要是在岸边立柱建房，那便成了触犯法律的行为。

但事实上，全国各地都有无数人在河边建起带柱子的小屋，过着他们的小日子。

有关部门每年都会下达一两次搬迁通知，但基本不会强行拆除小屋。

听问告诉乱桊，黑伏家的房子大概也属于这种情况。

"所以当时也有人怀疑，是黑伏家的人暗中动了什么手脚，企图阻挠施工。"

"动手脚？"

"比如……诅咒。"

听问将"诅咒"二字说得极慢，一字一顿。

"诅咒啊……"

"据说黑伏家是有修验道背景的。如果真是他们的诅咒造成了事故，那么请献祭师来解决问题倒也合情合理。"

"嗯。"

"说来也怪，那个献祭师一来，工程便进展神速，大坝也顺利竣工了。"

"黑伏家的人呢？"

"问题就出在这儿——我查不到他们后来怎么样了。"

"你说的'后来'是指？"

"我只能追溯到大坝开工的那一年。据说当时有个黑伏家的女人去了久我沼家的大宅。"

"哦？"

"从此一去不复返——"

"没人看到她出来？"

"好像是的。"

"也没人知道她为什么要去久我沼家，后来怎么样了？"

"没有。"

"你刚才不是说，有一个死者身份不明——"

"您说秋山征次？"

"有没有关于那个人的其他线索？"

"没有。顺着这条线深入调查，也许会有所发现，但眼下我对他还一无所知。"

听问回答。

停顿片刻后，他再次开口道："我给不少参与工程的人打过电话，也约见过几个人。对方好像已经有所察觉了，知道有人正在四处打探十五年前的事情。"

"对方？"

"十有八九就是久我沼家的人。好比我昨天约了个人见面，今天找过去，他却不在家，只留了一句话，让我明天再来。这几天常有这种情况。"

"你今天去找谁了？"

"饭冢英夫——十五年前的工地主任。"

"他知道什么内情？"

"大概是知道的。虽然这只是我的猜测，但也不是全凭直觉。"

"你有依据？"

"嗯。因为十五年前的黑伏大坝是他参与的最后一项工程。"

"最后？"

"后来他就洗手不干了，带着老婆去阿佐谷开了一家叫'小矶'的小餐馆。店开在一楼，他们一家就住楼上——"

"兴许有什么隐情。"

"是不是很可疑？"

"确实。"

"有没有兴趣明天和我一起去瞧瞧？"

"去'小矶'？"

"对。不过您也被解雇了，再查下去可能也没什么意义了。"

"行啊。"

乱荄回答道。

"真要去?"

"我也很好奇背后的隐情。反正这三四天也没别的活可干，总比躺在家里发呆好吧。"

"我也放不下。半路被人一脚踢开，心里总归是不爽的。越往下查，就越想争口气。从今天起，我就自掏腰包了。不过——"

言及此处，听问突然沉默。

"——不过什么？"

"仅限于我接到其他好差事之前。而且情况不妙的时候，我会果断收手的，到时候您可别怨我。"

"我也一样。"

乱荄说道。

面露微笑。

"从今天起，只为满足自己的兴趣。花自己的钱，为自己忙活，这才算兴趣爱好。"

于是，乱荄与听问相约在阿佐谷的"小矶"门口碰头。

路线已提前对照地图规划好了。

但他还是迟到了。

陆地巡洋舰通过拥堵路段，驶入"小矶"所在的那条街时，已是中午十一点十五分了。

恰好在此时，一直蜷在乱桼肩头的沙门微微睁开右眼，露出金绿色的眼眸。

轻声叫唤。

"呜……"

乱桼立即察觉到了异样。

因为他看到了摆在前方不远处街道上的东西。

花圈。

葬礼专用的黑边花圈，在并不宽阔的街道两侧一字排开。

乱桼将车停在花圈跟前。

因为他看见身披黑色夹克的久和听问举手示意，迎面走来。

乱桼打开驾驶座一侧的车窗，问道："怎么了？"

"死了。"

听问回答。

"死了？"

"饭冢英夫。"

"什么时候的事？"

"昨天。恰好是我找上门来，看到那条让我明天再来的留言的时候。"

"怎么死的？"

"我打听了一下，说是车祸。"

"什么？"

"据说是醉驾。他喝得酩酊大醉，开着自己的车上了森林公路，结果一头栽进了山谷。"

"哪条公路？"

乱奘话音刚落，身后便响起了车喇叭声。

只见后方停着一辆小轿车，开车的男人系着黑领带，十有八九也是来参加葬礼的。

"走吧。趁着等您的工夫，我已经打听得差不多了。"

说着，听问绕去副驾驶座。

拉开车门，钻到车里。

乱奘立即发车。

"车祸发生在丹泽。有一条从道志村通往山北的森林公路，他就是在半路摔下山的。"

"怎么跑那儿去了？"

"不清楚。"

"哦——"

乱奘应了一声。车缓缓驶过黑衣人进进出出的房门口。

侧目望去，被花圈遮住的招牌映入眼帘。

"小矶"。

越过三五成群的吊唁者后，乱奘踩下油门。

陆地巡洋舰瞬间加速。

"怕是被他们摆了一道。"

乱奘用浑厚的嗓音喃喃道。

嘴唇微微翻起，露出狂野的白牙。

"十有八九。"

听问回答道。

"饭冢英夫有大白天喝酒的习惯？"

"嗯，听说他很爱喝酒，有时天还没黑就喝上了。"

"也经常酒驾？"

"据说是的。但大白天开始喝，喝完再开车的情况是不常有的——"

"但也不是从没有过？"

"对。"

"是不是出了什么事？"

"您是说昨天？"

"嗯。"

"据说他老婆提过一次，说是在他出事的前一天晚上——也就是我打电话跟他约定见面时间的那天晚上，他接到过另一通电话，是在我之后打来的。最后，他跟对方约好在'明天'——也就是昨天碰个头。不过这不是他老婆亲口告诉我的，也不好说是否确有其事。"

"那通电话是谁打来的？"

"不知道啊。"

"要是能直接问问他老婆，说不定能有更多的发现。"

"她确实有可能知道我们想了解的事情，不过——"

"嗯，今天找人家打听这些怕是不妥。我们毕竟不是警察。"

"听说警方会把这件事当意外处理。"

"哦……"

乱奘说道。

"怎么办？"

听问发问。

"什么怎么办？"

"就是昨天在电话里提到的'兴趣爱好'啊。是就此收手，还是继续调查？"

"在新差事找上门之前，搞搞兴趣爱好打发时间也不错。"

"确实。"

"好像有种越陷越深，骑虎难下的感觉了。"

乱荠喃喃自语，驾驶座一侧的车窗仍然敞开。

凉风拍打着乱荠的右脸颊。

那日迎接乱荠归来的，是露木圭子打来的一通电话。

正是这一通电话，为他再度迈入久我沼家的宅院埋下了伏笔。

第四章

暗潮汹涌

闇狩り師

鸟居旁的路灯，照亮了久和听问的脸。
飘荡在夜气中的气味……分明是血腥味。

1

入夜后，山区的空气果然凉若寒铁。

几乎可以听到土壤中的水分逐渐结冻时发出的嘎吱声。

露木圭子面朝篝火，坐在一棵倒下的树上。树为落叶所覆盖，长满苔藓。

脚下的落叶很是柔软。

最靠近篝火的膝盖竟有些热。

虽有派克大衣护体，丝丝寒凉却仍从后背处钻了进来。正对着篝火的身体前面被烤得发烫，背脊却透着一层寒气。

来自湖面的风，格外冰凉。

圭子刚用完简餐，正喝着小锅里的咖啡。

刚泡好的咖啡烫得嘴唇发麻，如今却已温暾。要不了多久，就会降到与空气相同的温度。

许是心理作用，她总觉得发丝仍未干透。

今天，她先后两次下水。

湖水冰凉。

寒意穿透七毫米厚的潜水服，渗入肌肤。直至此刻，身体的最深处好像仍未回暖。

篝火噼啪作响。

火花四溅，在黑暗中留下一道道黄色的光带。

山间的寒气，自周围悄然逼来。

光秃秃的榉树，在头顶的风中发出阵阵微响。

温热的唯有火光。

圭子盯着篝火，想着一个人。

想着那个今晨与她分开的彪形大汉。

——九十九乱燹。

他的名字，她还记得清清楚楚。

他是那样高大。

巨大的身躯与厚实的肌肉，甚至能在旁观者心中激起几分感动。

那具身躯中，蕴藏着高山一般的量感。

无异于冒着热气的巨岩。

她能感觉到，有他陪伴的自己是那样轻松自在。连黑暗都不足为惧。

只要和他在一起，深山的寒气都叫人心旷神怡。

他的微笑，任谁见了都会倍感安心，直叫人心醉魂迷。她下意识地感叹，世上竟有人能露出这样的微笑。

他的鼻型更偏"狮子鼻"，形状绝不算好看。嘴唇也厚得出奇。

然而，那张脸洋溢着不可思议的魅力。

徒有俊美皮囊的男人说再多的甜言蜜语，都像虚构的电影桥段，不会带给人别样的触动。乱燹漫不经心的微笑，却能令观者情不自禁地被其吸引。

此时此刻，他却不在此地。

圭子回忆着今晨醒来后的种种。

她在乱奘走后歇下，睁眼时恰好是十点。

这意味着她大约睡了三个小时。

然后她走去大坝，坐公交车到镇上。

吃了饭，买了轮胎，打车去停车的地方换胎，再开回镇上，狠狠采购了一批吃食。

一通折腾，身上便不剩多少现金了。

只够返程时加油吃饭而已。

回到营地时，已是两点半。

她迅速做好准备，潜到水中。

水很冷。

七毫米厚的潜水服，也挡不住刺入肌肤的寒气。

她早已提前锁定黑伏家旧址的所在。

应该在水下十五至二十米处的湖底。

房子是肯定没影了。

但地基应该还在。

她不指望在那里找到任何能将"黑伏"与"弥助"联系起来的东西，但只要下水瞧瞧，心里就舒坦了。撇开房子的状态不谈，与十五年前别无二致的地基应该还在那里。

她打算翻一翻那一带的土。

找到刀剑等器物的可能性微乎其微，但只要能发现有人在那里生活的痕迹，那便足够了。

她并没有更多的奢求。

圭子先潜到水下十五米深的位置，然后沿湖底移动，寻找黑伏家的遗迹。

湖水很是清透。

光照虽减弱了，却不至于对搜寻工作造成困难。

湖底沉着倾倒的树木，还有些树以立于地面的状态沉到水中。

湖床斜向深处，融入略带绿意的蓝，如梦似幻。

澄清的湖水绝美动人。

鱼儿在眼前悠游。

桃花鱼。

红点鲑。

甚至还有黑鲈的鱼影。

黑鲈并非日本原有的鱼类。

人们从国外引进了这种鱼，放入日本的湖泊，用于鲈钓运动。

圭子起初沿湖底移动，湖岸在她的左手边。

她潜得很是小心，生怕被树枝挂住。

组队行动是潜水的大原则，必须以两人以上的人数为单位。

因为在水下发生意外时，可能无法凭一己之力脱困。

而且独自潜水时，心中难免会有焦虑。

圭子"潜龄"三年，已有近两百个小时的水肺潜水经验。

单独下水也不是一次两次。

但"独自在山间湖泊潜水"还是头一遭。

不过二十多分钟，皮肤便发麻了。

她决定先上岸喘口气。

将提前捡来备用的树枝添入篝火。

就在凉透的身体靠向熊熊燃烧的篝火时，圭子发现了那艘船。

那是一艘带发动机的船。

停在湖心。

应是夏天供钓鱼爱好者使用的船。

船上有人。

穿着蓝色的派克大衣。

船上的人死死盯着圭子。

刹那间，圭子还以为他会把船开过来。

谁知那船仍静止不动。

那人并不像大坝管理部门的工作人员。否则他定会开船靠近，问圭子在做什么，并提醒她未经许可不得潜水。

他没找过来，就说明他不是那种人。

他在那儿看了多久？

刚才潜水的时候，还没有船停在湖心。

但对方肯定清楚看到了她钻出水面的一幕。

船上的人，只是在湖面上看着圭子而已。

圭子本想挥手试探，但转念一想，还是作罢了。万一对方因此上岸找过来，那可就麻烦了。

于是，她决定无视那人的存在。

三十分钟后，圭子再次入水。

当时，船仍停在原处。

下水后不久，她就无心惦记那艘船了。

这一次，她决定往反方向找找看。

先潜到十五米深，再沿着湖底一路搜寻，保持湖岸在右手边。

十五分钟过去了。

之前是潜了二十多分钟才感到皮肤轻度发麻。这一回却是才潜了十五分钟，便已陷入了与之前相同的状态。

湖水冰凉刺骨，脑袋仿佛都被冻得嘎吱作响。

水深已近二十米。

圭子回过神来才发现，天色已近昏暗。

头顶的湖面好像已经沐浴不到阳光了。

约莫四点十五分。

正欲浮出水面时，圭子发现了下方的东西。

坍塌的石墙。

她分明看见，下方有一道疑似人工砌成的石墙。而且，石墙已有部分坍塌。

圭子最先发现的，便是坍塌的那一段石墙。

石墙离她五米多远。

圭子进一步向下潜，接近石墙。

形似房屋的地基。

圭子心跳陡然加速。

她伸出手去，触摸石墙。

山坡自湖岸斜入水面，深及此处时转为平坦。石墙就建在崖边。

用于砌墙的石块都只做了少许加工，几乎与天然石无异。石墙已然倒向山坡下方。

而石墙的旁边，似乎有一条来自山下的路。

路绕向屋后。

圭子打量着那条路，缓缓移动。

屋后也有倾倒的石块。

却并非天然石。

做工粗糙，分明是被刻意加工成方形的石块。

石块上覆着一层细土，那是十五年的岁月留下的痕迹。

圭子伸手拂下滑腻的细土与水苔。

而她的手，捕捉到了某种痕迹。

石块表面，似乎刻着什么东西。

拂开的泥沙四处飞扬，她一时间看不分明。

待到泥沙消散，圭子从喉咙深处发出压抑的惊呼。

硕大的气泡徐徐升起。

——这是?!

水中的圭子，注视着眼前的景象。

刻在石块表面的竟是十字架。

此刻，圭子注视着篝火，回忆起当时的情景。

石块上就是十字架的刻痕，千真万确。

她找到的东西，八成是某块墓碑。

这次的发现非同小可。

圭子当时仍在水下，却感受到了汗毛直竖的亢奋。

要证明"黑伏"是"弥助"的后代，单靠这一块石头显然是不够的，但它足以为展开这一推论提供依据。

上岸时，圭子浑身上下都凉透了。某种介于寒冷与亢奋之间的感觉，让她的身体颤抖不止。

当时的亢奋，仍残留在身体的某处。

明明没睡够，圭子却困意全无。

"——不走了！"

圭子心想。

她决心留在这里，深入调查水下的房屋遗迹，哪怕要花光身上的现金也在所不惜。

甚至没有立即想起那个把船停在湖心，远远打量自己的人。

圭子生起火，将大量枯枝投到火中，脱下潜水服，换回便装。直到此时，她才发现湖上的船不见踪影了。

混乱、亢奋和对黑夜的恐惧混作一团，在圭子心中此起彼伏。

这令她不由得想起了那个壮硕如山的男人。

"要是他这会儿在就好了——"她心想。

只要有他守在火边，自己定能沉沉睡去。

时间一分一秒过去，圭子却难以入眠。

冰冻的天际，星光点点。

头顶的榉树枝在风中作响。

细弱无比，声似哨声。

无数哨声在头顶齐鸣。

似人声，又似鸟鸣。

撂在地上的小锅已然凉透，一如周围的空气。

2

就在这时，圭子听到了某种声音。

很是细微。

比头顶榉树枝发出的声响更加细小。

她起初都没听出那是人声。因为那声音实在太轻，混入风声便没了踪影。也许早在圭子察觉之前，就已经有声音传来了。

直到音量渐长，圭子才意识到那是人声。

声音愈发靠近自己。

圭子的背脊瞬间僵硬。

细弱而沙哑的声音——

听着像男人的声音。

他在说什么？

听着像女人的名字。

尽管有风声遮掩，那声音还是愈发鲜明起来。

阴森骇人。

很是嘶哑。

就好像肺里不剩多少空气了，却还要勉强挤出声音来。

而且听起来分外孱弱。

声音愈发接近自己。

像极了病人的声音。

"千……"

越来越近。

圭子浑身发僵。

扫视周围。

从哪个方向来的?

不知道。

"千……绘……"

声音逐渐近了。

停顿片刻后,再次响起。

"千……绘……"

她还听见了——

踩着地上的落叶走来的脚步声。

来自左前方。

"千绘……"

那个人唤着女人的名字。

却又戛然而止。

圭子能清楚地感觉到,不唤那个名字的时候,那人便嘟嘟囔囔,自言自语。

似是无休止的道歉。

又似不间断的怒骂。

还像对某人的诅咒。

"千……绘……"

那个声音说道。

后面跟一句"饶了我吧"。

"饶了我吧！

"是我的错！

"你杀了他，你杀了他！

"去死吧！！！"

然后回归女人的名字。

"千……绘……"

踩踏土地的声响愈发鲜明。

歇在树干上的圭子已微微起身。

"千绘……

"千绘……

"千绘……"

声音已近在咫尺。

圭子用右手握着从地上捡来的树枝。

"千绘……"

黑色人影，现于森林深处。

"谁?!"

圭子低声喊道。话音未落，那人已然步入篝火的光亮。

来的是个老人。

脸颊异常瘦削。

一头白发。

散乱的发丝聚拢在头顶。

额头很宽。

好似长期仰卧的病人溜了出来，脸上尽是白色的邋遢胡子。

双目炯炯，宛若兽眼。

缠着血丝，饱含疯狂的光芒。

老人来到篝火的另一侧，就此止步。

老人身着浴衣。

系绳却松开了。浴衣就这样挂在他瘦削的肩头，随时都有可能滑落。

浴衣前面敞开，任干瘪的胸部、腹部和腿暴露在夜风之中。

内裤尽是脏污。

前面明显隆起。

老人露出一口黄牙，瞪着圭子。

像在哭，又像在笑。

双脚赤裸。

浑身各处沾着泥巴，脚、小腿和胸口的皮肤都在流血。

不难想象，他是光脚穿过了森林，被杂草、石块和树枝划伤了。说不定半路上还跌倒过几次。

老人来自何处？

这可不是人能徒步而来的地方。

走去最近的人家，需要足足两个半小时。

天寒地冻，一个衣着单薄的老人家岂能穿过森林而来？

老人咬牙切齿。

泪水溢出眼眶。

那个老人，正是久我沼羊太郎。

但圭子无从知晓。

"千……"

老人报出这个字，停顿片刻。

他龇着牙，瞪大眼睛盯着圭子，浑身发颤。

"——绘！"

他一声大喊。

无异于野兽的嘶吼。

"千绘——"

他边说边往前走。

脱下内裤，随手一扔。

"嘻嘻……"

他笑了。

"我杀了他，杀了他。"

他呻吟道。

突然换上哭丧着脸的表情。

"饶了我吧，饶了我吧，好不好？"

说完便猛然下跪。

双手撑地，以骇人的势头将额头撞向地面。

闷声传来。

"饶了我吧!

"饶了我吧!"

他一边求饶，一边反复以头抢地。

眼看着他的额头沾满了泥土，皮肤也破了口子，瞬间涌出鲜血。

他扬起血淋淋的脸。

勾起唇角，咬紧牙关。

眼角吊起。

"嗷——"

他如此号道。

那分明是狗的叫声。

"你杀了他,你杀了他——"

他瞪着圭子,厉声吼道。

圭子不禁疑惑,人岂能发出如此似野兽的声音?

只觉得喉咙干得冒火。

不知该如何是好。

撒腿就跑,反而有可能刺激到眼前的老人。可若是原地不动,天知道老人会对她干出什么事来。

恐惧将圭子笼罩。

吓得她动弹不得。

"不,是我干的,是我干的。"

羊太郎一边说,一边用膝盖和双手在地面爬行。

"凶手就该是这个下场!"

他主动把头伸到了燃烧的篝火中。

刺啦刺啦……老人的头发着了火。

火却很快熄灭了。

圭子用右手握着一把出鞘的刀。

她举着刀,瞪着老人。

双腿发抖。

就在这时,有人对她说道:"我劝你还是把那玩意收起来吧。"

分明是男人的声音。

3

圭子朝声音的源头望去，只见那里站着三个男人。

人手一支手电筒。

中间那个男人个子最高。

刚才跟她说话的，似乎就是他。

高个子男人沐浴着火光，默默立于黑暗中，面无表情。

羊太郎怪叫连连，用双手抓挠被火烧焦的头发。

"你们……"

圭子话音刚落，站在高个子男人左边的人便开口说道："津川先生，下湖潜水的就是她——"

圭子认出了开口说话那人身上的蓝色派克大衣。

"——原来是他。"

她心想。

傍晚时分，就是他在湖心的小船上盯着圭子。

只见被称作"津川"的高个子男人微微勾起嘴角，却没有到"笑"的程度。只是嘴唇动了一下而已。

"倒是巧，反正迟早得来这儿看看。"

高个子男人——津川说道。

"你们想干什么?!"

圭子仍握着刀,大吼。

那绝非脆弱的水果刀,而是水肺潜水员专用的大刀,轮廓很是粗犷。

圭子握刀的指尖已然发白,足见她用了多大的力气。

"我们在找那个老爷子,他今天下午从家里溜了出来。我开船到湖里,想看看他在不在岸上。因为他经常一个人来大坝这边溜达。结果刚巧撞见你下湖潜水——"

穿蓝色派克大衣的人说道。

"少啰唆。"

津川低声说道。

蓝衣男子立时闭嘴。

"带走。"

津川下令。

蓝衣男子和另一个同伴正要走向羊太郎,却不禁停下了脚步,忧心忡忡地望向津川。

"放心,他这会儿没被附身。"

津川此言一出,两人便以左右包抄之态,步步逼近在篝火边怪叫的羊太郎。

"嘻嘻!"

羊太郎抬起头来。

干瘦的胸膛出了一层薄汗,肋骨根根分明。

火色倒映在汗珠上,摇曳闪动。

羊太郎交替看向逼近自己的两人,盛满疯狂的眼珠滴溜溜一转，将视线投向圭子。

圭子的身体顿时僵住。

"千绘……"

他喃喃自语。

两人伸手去抓羊太郎，却被羊太郎以骇人的速度躲过。

"千绘——"

只见他一跃而起。

扑向圭子。

但津川比他更快。

津川以行云流水的动作闪到圭子身前，用右手抓住了羊太郎企图伸向圭子的右手手腕。

再顺势将羊太郎伸出的那只手扣向羊太郎背后，令他无法动弹。

"别劳我出手。"

津川说道。

两个手下赶忙冲向津川和羊太郎。

"千绘！千绘！"

羊太郎被身后的津川抱住，不住挣扎。

干瘦赤裸的脚因寒冷变得僵硬发白，布满伤痕。皮肤上还沾着半干的血。

"先带老师[1]上车。"

津川对两个手下说道。

"老师"二字所指代的，似乎正是眼前的老人——羊太郎。

———————————

[1] 日本有称呼议员为"老师"的习惯。

手下们自两侧架住不断喊着儿媳名字的羊太郎，走向上方不远处的森林公路。

"至于你——"

待他们消失在黑暗中，津川才转向圭子，开口说道。

津川用左手握着手电筒，将灯光直直投向圭子的脸。

圭子站在原地，侧头避开光亮。

右手仍握着刀。

"你想干什么？"

圭子用沙哑的声音说道。

声音微微发颤。

"不干什么。至少眼下还不会。"

津川仍用手电筒照着她，如此回答。

圭子处于逆光的位置，看不清津川的脸。

她抬起左手，挡住灯光。

"我劝你赶紧把那危险的玩具收起来。"

津川指的自然是圭子右手握着的刀。

"除非让我先搞清楚你们是什么来头。"

"性子挺烈啊。"

津川的声音传到圭子耳中。

"你们找我什么事？"

圭子问道。

握刀的手中尽是黏腻的汗。

"你来这儿干什么？"

津川言简意赅，仍开着手电筒。

"什么干什么？"

"听说你白天下湖潜水了。"

津川低声说道。

圭子闭口不答。

"你在水下干什么了？"

"没干什么。"

圭子说道。

"真的？"

"光潜水了。潜水是我的爱好之一。"

"这么冷的天，大老远跑来这种地方？"

"我也没专挑天冷的时候下水呀。我是潜水爱好者，每周至少要下一趟水的。只是天气在我一次次下水的过程中不知不觉变冷了而已。"

"哦……"

津川点了点头，低声嘟囔。

"你知道吗？"

津川问道。

"知道什么？"

"人工湖是禁止游泳的。"

"知道啊。这点常识我还是有的。"

"那就好。明天我帮你打个电话去大坝的管理事务所吧——"

"啊？"

"你可以主动回家，也可以耗到明天，跟管理事务所的人吵一架再走，随你选。"

津川说道。

"这话是什么意思？"

"字面意思。"

津川话音刚落，照着圭子眼睛的手电筒灯光就悄然消失了。

篝火再度成为唯一的光源。

津川站在她身前，沐浴着火光。

"劝也劝过了，"他说道，"如果你明天还留在这里，出什么事可都怪不到我头上了。"

"你是在威胁我吗？"

津川没有回答圭子的问题。

他转过身去，面无表情。

迈步离去。

头也不回地消失在暗夜之中。

圭子呆立于篝火前，右手仍握着刀，半晌没回过神来。

4

陆地巡洋舰中一片昏暗。驾驶座上的乱箕长叹一声。

因为听问迟迟不来。

一辆小客车迎面驶来，车灯的光亮令乱箕的面庞瞬间浮现于车内的黑暗中。

乱箕左肩上的沙门百无聊赖地睁着眼睛。

一双金绿色的眼眸在黑暗中亮起，恰似用于室内的荧光灯。

乱箕在下午两点半接到了露木圭子打来的电话。

当时他刚从阿佐谷回来，在家都没待满五分钟。

他原计划在阿佐谷与久和听问会合，找一个叫饭冢英夫的人了解情况——在十五年前的黑伏大坝工程中，此人担任工地主任一职。

谁知到了饭冢家门口，才发现那里在办丧事。而逝者正是乱箕与听问约见的饭冢本人。

"——被人摆了一道。"

乱箕心想。

他认为，十有八九是有人注意到了听问正在四处打探十五年前的工程秘密，于是出手灭口。

听问也有同感。

乱奘告别听问，回家仰面躺到床上。就在这时，他接到了圭子的电话。

"太好了……"圭子显然松了一口气，"你上哪儿去了？天知道我拨了多少通……"

"出事了？"

"嗯……九十九先生，你还记得两天前的晚上——或者说昨天早上，你答应我的事吗？"

"记得。"

"你答应过我，只要我一个电话，你就会立刻赶来。"

"前提是你遇上了麻烦，"言及此处，乱奘压低嗓门，"真出事了？"

"嗯。"

圭子回答道。

她在电话里告诉乱奘，昨晚烤火的时候，有四个男人找了过来。

她还提起了在湖底发现的石块。石块表面刻有十字架，而且恰好出现在疑似黑伏家旧址的位置。

"怎么办啊？"

圭子问道。

"别犹豫了，马上下山。至于毕业论文，还是换个东西写吧。"

乱奘说道。

"当真？"

"我没跟你开玩笑。"

"可我没法再改写别的东西了啊。"

"你都找到那么多资料了，写什么都能毕业。"

"关键不在这儿啊。"

"你在哪儿呢？"

"镇上。在我买东西的小市场前面的公用电话亭里——"

"那些露营装备呢？"

"还在山上。帐篷也还没收——"

"那就赶紧收了帐篷回东京来。"

"你呢？"

"我这儿也出了点事，又得去大坝一趟了。"

"收帐篷下山我也是赞成的，后半句就算了吧。"

"怎么说？"

"我可不回东京。回了不就见不到你了吗？你不是正要来吗？"

"确实。"

"我会下山的，但暂时不会回东京去。'黑伏'勾起了我的兴趣。我想多留一阵子，做些研究。干脆找家旅馆住下等你好了——"

"等我？"

"都说好了，我要是遇上了麻烦，你可是要来救我的。再说，你就不想听我详细讲讲吗？"

"好。"

"镇上有家'山景酒店'，我就住那儿。"

"山景酒店？"

"房间我都订好了。"

"你哪儿来的钱？"

"反正钱可以退房的时候再付啊。我刚联系上了东京的朋友，让他快递点现金到酒店来——"

电话的内容大致如此。

挂断电话后，乱癸联系了听问。

他告诉听问，自己打算今天晚些时候再跑一趟长野。

"带上我吧。"

听问如此说道。

他表示，如果乱癸不介意晚上再出发的话，他很愿意同去。

因为远在四国的玄角托他去国会图书馆查些资料，他需要安排复印件的邮寄事宜。

"四国的事情有些棘手？"

"好像是，不过玄角说他一个人勉强能摆平。我跟他聊了聊这次的事情，结果他让我给您带句话。"

"什么话？"

"'净干活不挣钱的差事可不好'——"

"他是这么说的？"

"不过玄角也说了，他就喜欢您这一点，但没让我转达这句。"

这便是乱癸与听问的对话。

于是此时此刻，乱癸正坐在陆地巡洋舰里等候听问现身。

车就停在听问家附近。

不远处是一所规模不大的小学的正门。

天色已晚，校内已不见孩童的身影。

周围绿意盎然，寂静无声。

来往的行人也少。

听问在电话里让乱奘来这里等。

他把会合地点定在了这所小学门口，因为他家不太好找。

玄角的面容忽地浮现在乱奘脑海中。

"净干些不挣钱的差事"。

玄角脸上仿佛写着这么一句话。

"不，钱已经到手了。"乱奘暗自嘟囔。

听问仍未现身。

乱奘看向手表。

约定的碰头时间是晚上八点。现在已是八点十分了。

乱奘有种不祥的预感。

尽管认识的时间不长，但乱奘很清楚，听问不是那种会随便迟到的人，平时至少会提前五分钟到。

不过，这并不意味着听问绝对不会迟到。

仅仅因为晚到了十分钟，就认定听问出了什么事，未免太武断。

即便那个人是向来守时的听问。

然而，乱奘心里还是有种莫名的忐忑。

八点十二分。

乱奘推开车门，走下了车。

寒风喧嚣。

但乱奘巨大的身躯在深处蓄满热气，在风中岿然不动。

他缓缓扫视四周，宛若刚出洞的棕熊。

路灯零星亮着。

这是一片宁静的住宅区。

远处的天空，染上混浊的红光。

那是新宿的灯光。

闹市区的灯火，在天际留下了倒影。

不过，这一带并未被喧嚣感染。

种在小学操场和民宅院子里的树木，都在夜风中静静摇曳。

樱树和榉树的叶片早已落光，但放眼望去，也有不少枝繁叶茂的常青树。

乱装有听问的地址。

根据地址判断，听问的住处应该就在前方不远处，位于马路的右手边。

他闻了闻空气的味道。

胸口某处似有东西卡着，好似肿块。

他将夜晚的空气深深吸入厚实的胸膛。

平复体内的气。

缓缓呼气，再吸入。

空气的微粒子中，似乎有某种磁力。正是这种磁力，造成了乱装小到可以忽略不计的忐忑。

即便那只是莫名的焦虑，一旦涌上心头，乱装便无法置之不理。

他缓步前行。

与两辆车擦身而过。

走了大约五十米后，乱装便捕捉到了某种动静。

那是气的骤变，似有薄刃在空气中一划而过。

"嗯？"

乱装停下脚步。

——右边？

眼前是一个丁字路口，另一条路与他脚下的路相接。

乱葵走了过去。

他加快了速度。

却完美压住了脚步声。

丹纳工装靴的鞋底吸收了乱葵身躯的重量，没发出一丝声响。

一下——

两下——

夜空下，气汇成的薄刃仍在跃动。

而且越来越近了。

"呃！"

乱葵的耳朵捕捉到了人的呼气声。声音虽小，却很清晰。

他顿时加快步伐。

只见前方不远处，有一小片茂密漆黑的森林。比起"森林"，"树林"二字也许更为贴切。乍看就好像周边的树木都集中在了那一处。

像是神社。

乱葵发足奔去。

肉体相撞的声响传来。

鸟居映入眼帘。

就在乱葵穿过鸟居的刹那，一道黑影自神社深处疾驰而来，直奔乱葵而去。

"呜。"

在乱葵原地立定的同时，那人大幅横跳。

"九十九先生——"

跳到一旁的那人低声喊道。

"听问！"

乱奘惊呼。

鸟居旁的路灯，照亮了久和听问的脸。

飘荡在夜气中的气味……

分明是血腥味。

听问正用右手捂着左肩。

左臂无力地耷拉着，液体自指尖滴落在地。

此时此刻，乱奘和听问已被四个男人团团围住。

其中一人以双手握着日本刀。

还有两人持有匕首。

另一个人握着木刀。

乱奘原地不动，悠然环视四周。

"原来是这么回事。"

乱奘说道。

话音未落，厚唇便似翻起般上勾。

露出口中的牙。

狰狞的笑浮上嘴角。

这四个人和他们手中的武器，在乱奘看来都不足为惧。

嘎吱。

乱奘壮硕的身躯似乎又大了一圈。

肌肉的内压陡增。

"应该错不了，"听问说道，"我正要去约好的地方等您，谁知走到半路，却被这群人拽了过来，说是想和我谈谈。结果就——"

"这就是他们的'谈'法。"

"我撂倒了一个人，但伤到了左肩。我这身手比您和玄角差远了，好在逃得够快——"

听问有些气喘，不过声音里全无惧意。

打手们一言不发。

他们保持沉默，同时逐渐缩小针对乱奘和听问的包围圈。

强烈的体味扑面而来，直叫人下意识地扭头。但那并非真实的体味。他们的肉体所释放的是带有暴力色彩的臭气。

看来，他们都是暴力方面的"专家"。

"我告诉你们，这位可不好对付。要想逃命，现在可是唯一的机会。"

乱奘身旁的听问说道。

"一个，"乱奘说道，"我只留一个清醒的。另外三个就只能睡在这儿了。下次睁眼，便是在医院的病床上。"

话音刚落，乱奘便闪身一动。

随意走向正前方那个手握日本刀的打手。

随意，速度却快得惊人。

对方的反应慢了一拍半。他略略举起日本刀，自斜上方劈向乱奘。

这一招虽不成章法，却也犀利。

哪怕是人的大臂，也足以被一刀斩断——连肉带骨。

刀刃破空而来。

乱奘的身体似要向前，却突然向后移。

对方没能及时刹车。

刀刃擦过乱奘厚实的胸膛，一路向下，恰好击中下方路面的石板。

乱葵已然轻抬右腿。

穿着配有 Vibram[1] 鞋底的丹纳工装靴，猛踩击中石板的刀刃。

日本刀立时脱手。

刀刃被拦腰折断，干净利落。

断裂的半截刀在石板上弹了几下，发出金属特有的脆响。

乱葵顺势迈出另一只脚。

"看来是便宜货。"

他嘟囔道。

站在打手眼前的乱葵勾起唇角，微微一笑。

右掌根击中了对方的脸。

鼻软骨和门牙断裂的声音同时响起，打手的头大幅后仰。

就此仰面倒地，不再动弹。

全程没喊出一声。

乱葵回头望去。

只见另一个打手用双手握着匕首，刀柄抵在腰上，正要自他身后猛冲过来。

刀刃立起，而非横放。

如此一来，更容易扎到肋骨之间。

扎到对方体内，再拧上一拧，杀伤力便会翻倍。

"去死吧！"

那人大喊一声，扑向乱葵。

却没能喊出第二句来。

---

[1] 意大利著名的橡胶生产厂商，获得了世界众多制鞋厂商的认可。

"吧"的发音戛然而止。

因为乱荬自正上方挥下厚实的右手，命中了此人的天灵盖。

在旁人看来，他几乎没用什么力气。

即便如此，这一击造成的冲击力，仍可与从二楼垂直落下的混凝土块相媲美。

最后那个"吧"字就这样带上了莫名的怪腔。

只见那人"哼"了一声，轻轻撞了乱荬一下，随即两脚一软，仰面倒地。

睁着眼睛，不省人事。

耳朵和鼻子都在流血。

最后两个打手从左右两边同时朝乱荬冲来。

一人自乱荬左前方而来，瞄准乱荬的左太阳穴横扫木刀。

另一人从乱荬正右方攻来，用右手握住匕首。

乱荬似不经意地向侧面抬起右脚。

他的足刀自下方踢中右侧打手握着匕首的右腕，将那匕首一脚踢飞。然后顺势而上，锁定了来人的面部。

反击的时候到了。

打手直冲过来，却只有面部被坚硬的 Vibram 鞋底死死挡住，双脚仍保持着向前奔跑的势头。

前进的脚就此悬于半空，致使他仰面倒在石板上。

清脆得叫人心疼的响声自打手的后脑勺处传来。

他大张着嘴，当场痛得昏死过去。

"噫！"

硕果仅存的那个打手仍用双手握着木刀，发出一声怪叫。

一边叫，一边盯着木刀。

因为他手中的木刀已拦腰断裂，刀尖不见了踪影。

片刻前，乱笋以左手肘护住头部，接下了扫向太阳穴的木刀。

木刀在碰到手肘的那一刻断成两截，前端不翼而飞。

"让你们用便宜货。"

乱笋赫然立于最后一个打手面前。

路灯昏黄，却清楚地照出了那人脸上的惧色。

但那人愣是不逃。

"咔嚓！"

而是举起只剩半截的木刀，攻向乱笋的眼睛。

乱笋用右手握住了半空中的木刀。

木刀纹丝不动。

乱笋只用一只手，便抵消了对方用双手施加的力。

臂力之大，可想而知。

乱笋夺下那人手中的木刀，仿佛是在收缴孩子手中的棍子。

他将那长度减半的木刀随手一丢。刀落在石板上，发出干巴巴的声音。

"哟，"乱笋对那人说道，"你还挺走运的，刚好是最后一个——"

那人呆若木鸡，似乎没明白乱笋的意思。

"刚才不是说了吗？我会留一个清醒的。"

乱笋语气淡定。

那人开始后退。

"这下你有的忙了。毕竟送他们去医院的重任都落在了你一个人肩上。前提是，你得老实回答我的问题——"

那人撒腿要跑。

奈何乱奘的动作更快。

关键时刻，他用右手的食指和拇指，捏住了那人的左耳。

那只耳朵瞬间被拽到了令人难以置信的长度，堪比橡胶。

"呃嘎！"

那人痛呼起来。

他就这么被乱奘拽着左耳，面容扭曲。

不住呻吟。

"痛痛痛痛——"

"别怕，人的耳朵没那么容易扯下来的。没点力气啊，可没法用两根手指扯下一只耳朵。不过你可别误会了，别人不行，并不等于我不行。"

"放手！"

那人喊道。

"您可真是身手不凡啊……"

听问一边感叹，一边走到乱奘身侧。

"伤势如何？"

乱奘问道。

"我倒是想说'不要紧'，奈何这血总止不住，可能伤到大血管了。"

"要不撂下他，先去医院？"

"不用。机会难得，我应该还能撑一会儿，不耽误审他。"

"好。"

乱奘说道。

望向眼前的打手。

他的耳朵仍被乱荚拽着。

乱荚俯身把嘴凑到他耳边，问道："我问你，是谁派你们来对付久和听问的？"

打手闭口不答。

"没辙，那就用最立竿见影的法子吧。"

乱荚的右手松开那人的耳朵，转而握住那人的左上臂。

那人唇间立刻漏出一声尖叫，恰似哨声。

"噫咿咿咿咿咿咿咿！"

"总算出声了。听这音调……大概是偏了点。"

话音未落，打手的叫声便又高了八度。

大半是支离破碎的惨叫，听不分明。

"这是个很痛的穴位。按这儿产生的疼痛，可能比你这辈子体验过的任何一种痛苦都要强烈。"

乱荚轻声细语。

打手已然痛得发不出声了。

额上布满汗珠，嗓子咻咻作响。

眼睛半翻着，几乎只剩眼白。

乱荚全然没表现出在使劲的样子，天知道按压穴位的是右手的哪根手指。

"说，谁派你们来的？"

打手的惨叫似乎回归了能够辨认的音域，许是因为乱荚稍稍错开了按压的位置。

"是……是大哥……大哥派我们来的！"

"哪个大哥？"

"津……津……津——"

打手只说得出这一个字。

乱奘又将手指挪开了些，打手这才交代："津川大哥。"

"津川在哪儿？"

"不……不知道。"

说完，惨叫声便再次高亢起来。

"大……大概在信州——"

"信州？"

"我都好几天没见过他了。大哥是带着几个人一起走的，但那几个人也没回来，所以我不知道啊。"

"呵……"

"据说那边死了好几个人。"

"哦？"

"大概跟那边的事情有关。"

"你是说，针对久和听间的袭击？"

"对。"

"是津川直接下的命令？"

"对，不过是打电话通知的，说是有人在四处打探不得了的事情，让我们想办法摆平——"

"有没有提具体的理由？"

"没有。管他有没有理由呢，只要上头下了命令，我们就不能㞞。理由关我们什么事啊？"

"他让你们灭口？"

"不，没说到这个份儿上——"

"那他下了什么命令？"

"让我们去吓唬吓唬久和听间。打断他一两条腿也行。大哥说，这样他自然会懂了。要是还不懂，就再想别的办法。"

"他居然一边打发我，一边暗地里布置了这一手……"

"你……你们是条子？"

"没轮到你问我。"

乱葵如此说道，轻轻发力。

打手身子一缩。

仿佛瞬间停止了呼吸。

"再问你一个问题。认识一个叫饭冢英夫的人吗？"

乱葵问道。

打手的脸顿时一僵，却并非痛苦所致。

"看来是认识的。"

"你……你怎么会知道那个名字？"

"你们今天的任务跟饭冢的事是有联系的。至于你知不知情，我就不清楚了。"

"……"

"饭冢的死也是你们干的？"

被乱葵这么一问，打手摇了摇头。

"不是我们干的。报纸上都写了是意外。"

"意外？那你怎么会平白无故知道一个叫饭冢的人出车祸死了？"

打手摇头的速度更快了。

"咻咻……"唯有沙哑的哨声漏出唇间。

乱葵挪开按着穴位中心的手指。

"不是我，不是……"打手喘着粗气，"是另一拨兄弟干的，但不是我啊。"

好不容易憋出了这么一句。

乱奘松开手。

打手顿时跪倒在石板上。

大量口水自嘴边滴落到地面。

"跟你们这种人打交道还挺省心的，不至于受到良心的谴责。"

乱奘小声嘟囔着，望向听问。

听问脸色发青。

"是不是耗太久了？"

"还好，血已经止住了些，应该不会再恶化了。"

"走得动吗？"

"被您背着大概会很舒服，我还真有点心动。可惜啊，这双腿还能动。"

"我得送你去医院看看。"

乱奘看着听问脚下的血泊，如此说道。

"救护车就免了吧。这附近有一家小医院，是我的熟人开的。虽然他是妇产科的大夫，但处理这点小伤应该还是不成问题的——"

乱奘让听问松手，帮听问脱下外套。

外套袖子吸足了血，沉甸甸的。

听问的衬衫也被鲜血浸透，靠近肩膀的位置破了口子。

乱奘把手指伸进那个口子，撕开衬衫。

肩头的裂口触目惊心。

虽然没伤到骨头，但伤口绝不算浅。

乱奘将左手的手指搭在伤口两侧的肉上，闭合裂口。然后轻轻覆上右手。

"好舒服，疼痛好像都减半了。"

听问说道。

乱荚移开右手，用手帕盖住伤口，又让听问自己隔着手帕按住伤口。

"医院在哪儿？"

"从小学门口开车过去，两分钟就到。"

乱荚和听问迈步离去。

"不好意思啊，九十九先生，"听问边走边说，"送我到医院就可以了。别的您不用管了，尽管去大坝吧。"

他的声音很是坚定。

"我本来也想去的，但伤成这样，怕是帮不上什么忙了。毕竟这本是我接下的差事，只怪我技艺不精，这才劳烦您出马。就这样半途而废，我心里也懊恼得很。如果伤势不算太严重的话，也许我明天就能赶过去——"

"你已经帮了不少忙了。"

乱荚如此说道，拍了拍听问的肩膀。

"不过……他们都把手伸到这儿了，那就意味着——"

听问一面走着，一面望向乱荚。

就在那一刹那，一丝恐惧划过乱荚的背脊。

"——很危险啊。"

乱荚喃喃自语。

"什么危险？"

"还有个姑娘留在那边。"

"就是那个姓露木的？"

"对。"

乱癸点了点头，脑海中浮现出露木圭子的面容。

还有那个叫多代的女人——

她在溜出久我沼家宅院的时候恰好被乱癸撞见，因此落到了红丸手中。

"她会死的。"

那句话在耳边幽幽响起，拂过乱癸的后背。

这话出自龙王院弘之口。

乱癸还想起了寒月翁。

想起了那个在车灯的光亮中，险些从嘴里吐出一团狗的精气的男孩。

"回到东京，也许是一个错误的决定。"

这个念头贯穿了乱癸的脑海。

他就不该让露木圭子留下的，哪怕是改住酒店。

将听问送至医院的二十分钟后，乱癸打电话去山景酒店，就此确信自己铸下大错。

工作人员告诉他，露木圭子在中午办理了入住手续，但开完房就出去了，至今未归。

悔恨如火似焰，排山倒海而来。

第五章

外术

闇狩り師

痛苦吗，佐一郎？你们拥有了一切。
财富，名声，权力，女人，家庭……

1

那是一个肮脏的女人。

臭气熏天。

异味扑面而来。

衣衫褴褛。

身上的布片好歹还算是"衣服"，却几乎没有洗过。

她好像也极少洗澡。

皮肤明显发黑。

都是陈年污垢。

头发被敷衍了事地扎在脑后，缀着星星点点的头皮屑。

唯有双眼大得出奇，炯炯有神。

我在大宅的院子里。

我、老爷子和红丸都在场——

千绘和儿子加津雄不在。

说起来，饭冢也在。

就在这时，那个女人找过来了。

她突然闯进来，对我和我父亲羊太郎破口大骂。

　　她挺着大肚子。

　　似是有孕在身。

　　腹部鼓胀，仿佛随时都有可能爆裂。

　　"还给我！"她喊道，"把我丈夫还给我！"

　　她高喊着扑向羊太郎。

　　"是不是你？是不是你叫人干的？是不是你叫人弄死了我的丈夫?!"

　　她大吵大闹。

　　几近疯癫。

　　"这话从何说起啊？"

　　红丸将她从老爷子身上拽开。

　　当年的他，和现在一模一样。

　　和当年有着同样绝美容颜的红丸，按住了那个女人。

　　他露出令人不寒而栗的微笑，上上下下打量着她。

　　打量那个肮脏的女人。

　　她在红丸的手中拼命挣扎。

　　那一幕令老爷子莫名亢奋。

　　他一直都有那方面的怪癖。

　　所以他明明变成了狗，却还要用那丑陋的玩意侵犯我的妻子千绘。

　　他早就无法享受寻常的性爱了。

　　啊——

　　我体内也流淌着这样的血。

　　我也开始捆绑妻子千绘了。

　　血统使然。

看着那浑身脏污的大肚婆娘苦苦挣扎，老爷子便来了兴致。

接着，他就当着我这个儿子的面，开始侵犯那个女人。

他虽是我的父亲，却是个不折不扣的怪人。

而我也好不到哪儿去。因为我没有逃跑，而是在一旁看着。

他一次次挺进。

对了。

后来，我也上了。

在一旁看着我的老爷子再次进入状态。

第二次入侵她的身体。

在老爷子再攀顶点的刹那，她倒在了树根上。

她痛苦地扭动身躯，然后拉出了那个东西。

竟是婴儿。

她在被我和老爷子侵犯的时候动了胎气。

眼看着她生下婴儿。

简直像狗一样。

第一个——一下子就出来了。

但还没完。

不一会儿——

又出来一个。

本以为一切到此为止。

谁知远未结束。

她竟将第三个婴儿拉在地上。

那第三个婴儿——

没错。第三个婴儿，竟然浑身漆黑。

那景象是何等阴森可怖。

雪白的双脚之间，竟钻出来一个乌黑的玩意。

我和老爷子都惊得出不了声。

红丸却看得两眼放光。

甚至有笑意浮上唇角。

红丸上前检查了那些婴儿。

第一个婴儿已经死了。

第二个婴儿和第三个黑婴儿还活着。

"啊哈……"红丸的唇角勾得更高了，"这可是有用的好东西。"

他轻声细语。

为什么红丸总能用如此温柔的声音说出如此骇人的话语？

于是，红丸便利用了那个黑婴儿。

不仅如此。

他还利用了那女人。

对了。

我都看见了。

看见了。

看见了。

我在脑海中反复自问。

我怎么就看见了如此残忍的一幕？

因为我感兴趣。

我想看女人受折磨的场景。

但实际情况远比想象糟糕。

没看到就好了。

那些画面确实令人亢奋。

可我还是希望自己没看到。

而红丸正要故技重演。

我想起来了。

我不愿再看，所以逃到了主屋。

逃来这儿喝起了酒。

不，不对。

已经没在喝酒了。

左脸颊碰到了某种硬物。

是桌子的触感。

对了。

不该上来就一口闷的。

我已经快睡着了。

快睡着了，所以才想起了不愿回忆的过往。

我得起来。

趴在桌上睡着像什么样子。

不过细想起来，我都好几天没睡觉了。

老爷子昨天溜了出去，好不容易找到他了，却又冒出来一个可疑的女人。她似乎潜水去了湖底——就是黑伏家的人当年的住处。

她是什么来头?

对了，所以我对她产生了好奇。

派人去湖边一看，她又下水了。

于是我就让人抓住了她。

因为她手里有人骨。

婴儿的头盖骨。

×。

听说那个久和听问也在东京四处打探当年的往事。为此，我也做了些必要的安排。

事情接二连三，搞得我精疲力竭。

再加上连日缺觉，才喝了一杯我就打起了瞌睡。

乌黑的婴儿。

女人雪白的大腿。

还有红丸当年做过的——现在正要做的那件事。

我不能倒在这里。

事已至此，稍有不慎，大坝、温泉和滑雪场就都完蛋了。

还有什么好怕的？

看着就是了。

×。

没错。

我必须看着。看一看，想法自然会变。

我如此说服自己。

身体却不听使唤。

已是半梦半醒。

就在这时，声音传到耳中。

谁的声音？

声音喊着一个名字。

搞什么啊？

原来是我的名字。

有人在喊我的名字。

我突然转醒。

"佐一郎老师——"

来自走廊的声音穿过拉门，传到佐一郎耳中。

佐一郎抬起了头。

用左拳擦去挂在左侧嘴角的口水。

"佐一郎老师——"

是津川的声音。

"怎么了？"

佐一郎问道。

"麻烦您来一下。羊太郎老师好像又不太对劲了。"

"什么?!"

"好像又被什么东西附身了。"

听到津川这话，佐一郎站起身来。

2

仓房内阴冷无比，呼出的气都染上了白色。

天顶颇高。

数根粗大的横梁穿插于头顶。

横梁上，挂着两样东西。

一样为不带灯罩的灯泡。

一样为一丝不挂的女体。

后者正是多代的身体。

绳子绑住了她的双手手腕，将她悬于头顶的横梁。

这意味着多代不得不用手腕承担全身的重量。

她的肌肤是那样苍白，倍显滑腻。

仓房中不止她一个。

还有一人在场。

正是红丸。

只见他坐在椅子上，跷着二郎腿，自下方默默打量着多代。

多代则在高处怒视红丸。

在寒冷的作用下，滑腻的肌肤显得分外苍白，但多代的目光仍饱含强光。

全身上下，布满触目惊心的青紫瘢痕。

双手被牢牢捆住，指尖的血已接近凝固，颜色发黑。还有数根手指折向相反的方向。

脚下是裸露的泥地。

角落里烧着一小团火。

薄烟升起，飘出开在高处、紧挨天顶的采光窗。

房中虽冷，却没有冷到让赤身裸体的多代迅速毙命的地步。

让她痛苦，却又留她一条命——那团火存在的目的，似乎就是将室温维持在如此微妙的水平上。

"我算是领教了，你的意志力确实强得异乎寻常。"

下方的红丸说道。

多代闭口不答。

"强的不仅是意志，你的身体对疼痛也有极高的耐受力——"

似是肺腑之言。

红丸向多代迈出一步。

这意味着他看着多代时，需要将头仰得更高。

"本想花些时间在你身上，奈何情况有变，不能再耗下去了。因为赞助人久我沼佐一郎快撑不住了。必须尽快了结。"

"……"

"今天，我们抓到了一个来路不明的女人。她似乎潜到了大坝的湖里，调查了沉在水底的黑伏家遗址。她说自己就是个普普通通的学生，可是在这个节骨眼上，我们总不能随便相信她吧。津川已经找过去了，要不了多久就会带她过来。她若与你们有牵扯，看到你被这么吊着定会有所表现。她要是没有特别的反应……对你而言就是大事不妙了。"

红丸停顿片刻，凝视多代。

多代仍然沉默不语。

白皙的臀部沾满了排泄物。

大腿内侧亦然。

许是红丸不让她上厕所，于是她只能原地解决。

"那个女人不像你，很是配合，为我们提供了不少情报。她说——"红丸勾起红唇，咧嘴微笑，"黑伏家说不定有黑人的血统。据说耶稣会士当年向织田信长进献过一个黑人。本能寺之变时，明智光秀抓住了那个黑人，但后来又把那个黑人放了。黑人从此颠沛流离，最后定居在了这附近的山里。据说他从不与村里人来往，只跟行走山间的山岳修验僧略有交流——"

沉默再度降临。

红丸盯着多代的脸，似在揣摩她的反应。

"据说那个黑人……拥有不可思议的能力。他能预言第二天的天气，预知几天后的未来。如果一切真如那个女人所说，那很多事情便有了合情合理的解释。如果继承了黑人血统的人掌握了修验僧传授的咒法，有样学样，那子孙后代里冒出一两个寒月翁那样的人倒也不足为奇——"

言及此处，红丸再次停顿。

这一次，却不是为了观察多代的反应。

而是因为外头来人了。

"我是津川。"

男人的声音自仓房外传来，房门随即开启。

津川站在门口。

孤身一人。

"那个女人呢？"

红丸问道。

"还没来。我正要去接她，却在半路上被人拦下了。"

"怎么了？"

"拦住我的是盯着羊太郎老师的人，说是'又开始了'。"

"什么又开始了？"

"犬神附体。"

"嚯……"

"所以去接那个女人之前，我先去请了佐一郎老师，带他一起去了羊太郎老师那里。但……附身的好像不是犬神。"

"那是什么？"

"问题就出在这儿，我也不知道是什么。佐一郎老师吓坏了，竟拿来一把枪，试图击杀羊太郎老师。我只能姑且拦下，赶紧过来请您。因为他嚷嚷着'把红丸找来'——"

"找我？佐一郎吗？"

"不，是久我沼羊太郎找您。"

津川轻声细语。

焰色倒映在津川的墨镜上，分外妖艳。

3

那是一座牢笼。

能住人的牢笼。

八叠大的日式房间，被直接改造成了牢笼。

天花板、地板、四面墙壁——寻常的日式房间内侧的每一面，都装上了粗木条组成的格栅。只是地面的格栅上多钉了一块木板，再盖上六张榻榻米。

走廊上的人一拉开房门，牢笼的格栅便会映入眼帘。

牢门就在房门不远处，那也是整个房间唯一采用双层结构的部分。

要想进入这个房间，就必须先进入门口的双层结构隔出来的小房间，面积与半张榻榻米相当。

先打开门锁，走进小房间，再上锁。

然后再打开牢门的锁。

吃食也好，便盆也罢，都能通过格栅的缝隙取送。

没法洗澡。

只能把盛有热水的脸盆和毛巾送到牢里。

　　牢里的人能看电视，也能把手伸进格栅，亲自调节房中的灯光。

　　被褥铺着不收。

　　日常起居，基本不必进入牢门口的小房间。

　　医生每天都要入内一次，检查羊太郎的状态。只有在这个时候，小房间才有用武之地。

　　每次检查，都有两人以上陪同。

　　一人陪医生入内，其余的人留守在牢外。

　　入内检查的医生与久我沼家有着千丝万缕的联系。

　　佐一郎的妻子千绘就住在这个医生任职的医院。

　　进入牢房时，钥匙必须交给留守在牢外的人保管。因为要是带着钥匙进去，万一出现意外情况——换句话说，万一羊太郎再次被犬神附身，羊太郎就能夺下钥匙，开门出去。

　　不过，羊太郎表现得很是顺从。

　　出事后，他已近乎痴傻。

　　似有发展成老年痴呆症的迹象。

　　他偶尔也会抓住格栅大喊大叫，嚷嚷着"放我出去"，不过一天下来，这种情况只会出现一两次而已。

　　从早到晚，他都默默盯着电视。

　　昨天羊太郎的出逃，起因于看守的粗心大意。

　　没人进屋的时候，屋外就只有一个看守。

　　看守也不是一直都盯着羊太郎，而是关上房门，坐在走廊上，时不时拉开门，查看一下里面的情况。

　　每隔四小时换班。

　　出事的时候，离换班时间还有一个多小时。

看守开门查看情况，却闻到了一股异味。

分明是粪便的臭味。

不等眼睛看清楚，鼻子就先捕捉到了那股气味。

只见被褥上的羊太郎撩起睡衣下摆，正在排便。

大量粪便落在被褥上，已然堆成小山，还有更多的粪便正要钻出羊太郎的臀部。

"啧——"看守咂了咂嘴。

"喂——"

他大喊一声，通知周围的弟兄们。

不等人来，他便用钥匙打开了门。

而且还没把钥匙留在外面，而是带进了屋。

看守刚进屋，羊太郎便飞扑过来，痛击其头部。

将看守打成了脑震荡。

半昏厥的状态持续了十多秒。

羊太郎趁机夺下钥匙。

"千绘……千绘在哪儿……"

就这么自言自语着溜了出去。

因此从昨晚开始，看守增至两人。

当红丸与津川一同赶到房门口时，走廊里已有三个人守着了。

其中两个是盯着羊太郎的看守。

另一个则是用双手握住猎枪，双腿开立于走廊的佐一郎。

三人捕捉到了红丸与津川的脚步声，转头望去。

"红丸，你来了。"

佐一郎说道。

"出什么事了？"

红丸问道。

"老爷子的情形不太对劲。"

说这话时，佐一郎的声音瑟瑟发抖。

他转向红丸。

枪口也随之直指红丸。

红丸将右手搭在枪管上，把枪口推到另一边。

"被枪口指着的感觉可不太好。"

红丸说道。

"抱歉。"

佐一郎向红丸鞠躬道歉。

"到底出什么事了？"

红丸站在房门口的走廊上，将视线投向门后，却听见房中回荡着笑声。

"呵呵……

"咔咔……"

笑声低沉。

只见羊太郎盘腿坐在牢房正中央的被褥上，用一双射出强光的眸子盯着红丸。

披头散发，两颊凹陷。

几近死相。

唯有那双眼眸，染上了异样的光。

"红丸，你终于来了。"

羊太郎用沙哑的声音说道。

用的是羊太郎的声音，说话的却不是他本人。话语确实出自羊太郎之口，但语调也好，语气也罢，都属于另一个人。

红丸冷眼看着羊太郎，微微一笑。

"好久不见……"

那个既是羊太郎，又不是羊太郎的东西说道。

"寒月翁——"

红丸轻启朱唇，喃喃道。

"不错……"

"羊太郎"如此回答。

"可是阔别了十五年？"

"正是。"

"羊太郎"答话时，佐一郎忍无可忍道："红……红丸，这是——"

"是寒月翁。他在借羊太郎老师之口说话。"

"什么?!"

"此乃'换嘴'之术，通常需要多方准备才能施展，但羊太郎老师的气已极度虚弱，只需几个简单的步骤即可实现，不过这也超出了寻常术师力所能及的范畴。再者，由于羊太郎老师已多次被犬神附体，其大脑——即意识的内部已形成粗大的通道，于是寒月翁便顺势利用了这点。"

回话时，红丸没有看佐一郎，而是看着羊太郎。

"让他闭嘴倒是不难，您意下如何？"

红丸问佐一郎。

"不……不用——"

佐一郎轻轻摇头。

"你……你究竟有何企图——"

恰似呻吟。

然而，"羊太郎"——寒月翁没有理会佐一郎的质问。

眼中只有红丸。

"确实是好久不见。"

语气感慨万千。

"没想到你还活着。"

红丸说道。

"是啊……"

寒月翁回答道。

被寒月翁附身的羊太郎勾起唇角，勾成微笑的形状。

露出残缺的黄牙。

"不杀了你，我怎么舍得死啊？红丸。"

"杀我？"

"你就是个彻头彻尾的怪物。十五年前是我棋差一着，但你休想赢我第二回。"

"啊哈。"

"我好想你啊，真的好想。想到夜不能寐。

"嘻嘻……

"咔咔……"

"羊太郎"怪笑起来。

"我深感荣幸。

"我早就料到，只要用咒法折磨久我沼，定能等到你现身。只有这样，我才能见到你。功夫不负有心人……

"我们得以用这样的方式相见。

"见着了。总算是见着了。"

泪水自羊太郎的眼眶中滴落。

"你此刻身在何处？"

被红丸这么一问，"羊太郎"笑了起来。

"我说了，你信吗？"

"应该不会信。"

"那问了做甚？"

"我手上有个女人，想把她还给你。"

"多代？"

"她叫多代啊……"

"嗯。"

"你就不想要回那个叫多代的女人吗？"

"但杀无妨。"

"羊太郎"淡定地说道。

"哦?!"

"多代早有赴死的准备。"

"那可真是……"

"不过到时候，我手上这个女人也得陪葬。"

"女人？"

"就是那人的妻子。好像叫千绘吧。"

"什么?!"

惊呼的自然是在场的佐一郎。

"人是我刚去病房接来的。不过看这样子，你们怕是还不知道吧——"

"……"

"你们不妨打个电话去医院问问。应该有两个男人倒在她住的单间里……"

羊太郎说道。

"还不快去?!"

津川吼道。

站在他左右两侧的人立即转身离开，消失在走廊尽头，留下一串响亮的脚步声。

应该是去打电话了。

"那就等他们回来汇报吧，时间有的是。"

"羊太郎"——寒月翁嘟囔道。

就此沉默不语。

一片死寂中，佐一郎的磨牙声清晰可辨。

片刻后，脚步声重新响起。

回来了一个人。

另一个人似乎仍在通话中。

"真出事了！我刚派人去病房看了看，发现两个弟兄倒在房里，病床上的夫人却不见了！"

"什么?!"

"据说病房的窗户开着。倒下的两个弟兄被小铁球击中了喉咙，其中一个已经没气了。"

"这事都有谁知道?"

佐一郎问道。

"目前没外人知道。还好是自家弟兄发现的——"

"立即把那两个人抬出医院，别让任何人发现！千万不能惊动警方！出人命的消息一旦走漏，哪怕久我沼家权势滔天，也无法阻拦警方调查。听着，就当我们自作主张，强行接千绘出院了。手续可以明天再补。川濑肯定会配合的——"

佐一郎吩咐道。

川濑就是那个每天来家中查看羊太郎病情的医生。

"我去办。"

说完，津川沿走廊迈步远去。

一个手下紧随其后。

"咔咔咔……"

寒月翁的笑声阵阵回荡。

羊太郎张着嘴，笑得正欢。

露出蜡黄的舌头。

"要不我干脆杀了千绘，把她的头颅和躯干扔到警察局门口吧？佐一郎，你觉得怎样？如此一来，警方定会介入，久我沼家的垮台指日可待。到时候，你家死过人的事情，还有羊太郎被犬神附体一事就会闹得尽人皆知。"

"呜……"

佐一郎咬牙切齿。

"十五年前的事情，肯定也会被一并翻出来。久我沼家定将身败名裂。"

佐一郎咬紧后槽牙的声音阵阵回荡。

"痛苦吗，佐一郎？你们拥有了一切。财富，名声，权力，女人，家庭……这样的家族固然强大，但你们拥有的东西，也会反过来化作你们的软肋。而我们一无所有，所以软弱无力。法律也不会保护我们。我们失去了栖身之地，唯一的家人也惨遭你们残害。如今我所拥有的，就只有这副身子与这条命了。只要能将久我沼家和红丸彻底从人世抹去，我连这条命都可以不要。所以我已一无所有。但正是一无所有令此刻的我无比强大。情况与十五年前恰好相反。久我沼家将因为他们所拥有的东西走向灭亡。而我需要做的，不过是将千绘的尸体随意抛在镇上的某处——"

"羊太郎"——寒月翁如此说道。

他又笑了起来。

"放心吧，我是不会那么做的。审判你的不是警察，而是我。况且，我要是真选了那种法子，红丸定会远走高飞。就算能毁掉久我沼家，红丸也会安然无恙。在法律层面，他也是不存在于这个世界的人，与我们并无不同。毕竟我们都有无数张面孔与无数个名字，行走于人世的阴暗面。他只需换上另一张面孔，便能在久我沼家灭亡后屹立不倒。到时候，就不知道何时才能再见到红丸了。如果这一回又要花上十五年，我这条命怕是就撑不住了。"

寒月翁如此说道。

他将注视着佐一郎的眼眸转向红丸。

"我想要你的命……"

"嚯……"

"千绘并没有久我沼家的血统。如果可以，我也不愿连累这个无关的女人——"

"哦……我想起来了。"

沉默许久的红丸突然开口。

"想起什么了？"

"十五年前，有个叫小松升云的修验僧经常出入黑伏家。"

"升云早就死了。是你杀了他。"

"可我记得……他好像是自杀呢。"

"胡说八道。"

"我还记得，那个升云好像有个女儿——"

"……"

"那个女儿，是不是叫多代来着？"

"没错，多代正是小松升云之女。"

寒月翁说道。

"是时候说说今晚这一出意欲为何了。"

红丸言外之意——"我已亮出底牌"。

"一方面，是想跟阔别十五年的你打声招呼——"

"那另一方面呢？"

"我想用佐一郎的妻子换回多代。"

寒月翁话音刚落，红丸便笑了。

"你刚才明明还说'但杀无妨'——"

"我确实这么说过，现在也是这么想的。要杀要剐，悉听尊便，我们早有觉悟。但到时候，我也会杀了千绘，一命换一命。"

寒月翁毫不犹豫。

"慢……慢着——"佐一郎开口道，"有事好商量啊！你要钱，我们就给你钱。给你足够的钱，让你去想去的地方，过你想过的日子。你尽管开价，我都答应！把千绘还给我，去你想去的地方，别再回来了！你要是想出国养老，我也可以帮你安排啊！"

"羊太郎"——寒月翁默默摇头。

"翻……翻那些陈年旧账又有什么用？人死不能复生啊！何

不用钱做个了断——"

佐一郎说道。

"我想要的，是红丸的命。我渴望的，是久我沼家的灭亡……"

寒月翁用羊太郎的嘴唇咧嘴一笑。

"……"

"羊太郎已命不久矣，断然活不过今年。加津雄也死了，而且是羊太郎亲自动的手。"

"不……不是的！是你，是你干的！是你用刀割下了我儿子的头……"

情绪激动令佐一郎口齿不清。

"不，我没有操纵羊太郎，只是让狗——饿狗的气附在了他身上。那不过是羊太郎的兽性对其做出回应的结果。正因为羊太郎怀有杀意，他才会杀死加津雄。正因为羊太郎对你的妻子怀有兽欲，他才会侵犯千绘。我派去的狗，不过是放大了羊太郎心中的兽性罢了……"

"胡扯！是你……是你杀了加津雄！"

佐一郎吼道。

全身瑟瑟发抖。

化身羊太郎的寒月翁却只是借用了羊太郎的嘴唇，回以平静的微笑。

"可否宽限一日？"

红丸看准两人沉默的间隙，开口说道。

"宽限一日？"

"就是之前的提议。"

"哦？"

"事关重大，我无法当场回复。你若明晚再来，届时我自会给出答案。"

红丸如此说道。

"羊太郎"——寒月翁与红丸四目相对。

"那我明晚再来，还是原先那个时间见……"

寒月翁低声嘟囔。

话音刚落，羊太郎便睁着眼睛，一头栽倒在榻榻米上。

4

烈火熊熊。

一团火红。

赤焰在黑暗中舞动，火星飞溅。

这是一座洞穴。

洞里不仅有烟味，还充满了某种香的味道。

火堆里似乎加了什么东西。

寒月翁坐于火前。

结跏趺坐。

双目紧闭。

隔着火堆与他对面而坐的正是龙王院弘。

龙王院弘支起双脚，抱着膝盖，打量着火焰与寒月翁。

红唇紧闭。

烈焰之红，丝丝倒映在含有暗色的黑眸中，恰似在这个俊美男子体内燃烧的火焰。

一个男孩裹着毯子，睡在龙王院弘身边。

正是小茂。

片刻后，寒月翁忽然睁眼。

仿佛潜入深海的老龟缓缓浮上海面，探出头来。

寒月翁的双眼重新聚焦。

他望向龙王院弘。

"都听见了？"

寒月翁问道。

"嗯。"

龙王院弘低声回答。

"我去了趟久我沼家的宅子。"

寒月翁话音刚落，便有女人的声音从洞穴深处传来。

"你要把我怎么样？"

是千绘的声音。

惊吓令她声音发颤。

轻得好似耳语。

只见千绘坐在黑暗深处，身上裹着毯子。

伸出毯子的一双脚的脚踝处则缠着绳子。

寒月翁不过是瞥了她一眼。

没有和她说话。

随即将目光移回龙王院弘身上。

"既然都听见了，此事的来龙去脉，想必你已大致有数。"

"确实。"

龙王院弘回答。

"决战即将到来。"

寒月翁语气平静。

"说不定……"

言及此处，寒月翁停顿片刻。

龙王院弘保持沉默，等寒月翁说下去。

"这次要面对的敌人，说不定就是多代。"

寒月翁似在喟然长叹。

眼中燃起暗黑的火焰。

"多代？怎么会？"

"红丸这厮，就是如此可怕。"

面对龙王院弘的疑惑，寒月翁仅给出了这一句回答。

"能回答我一个问题吗？"

"你问吧。"

"为什么要做到这个地步？"

"什么地步？"

"我是说这件事，"龙王院弘望向睡得正香的小茂，还有洞穴深处的千绘，"这整件事。多代也好，那边的事情也罢……都死了好几个人了——"

"……"

"对方不是要给你钱吗？你为什么不要？"

听到这话，寒月翁挤出一个微笑。

虚幻无实。

"有些东西，是不能用钱换的。"

言简意赅。

寥寥数字，却斩钉截铁。

这句话宛如沉重的刀子，刺穿了龙王院弘的胸膛。

震撼横扫龙王院弘的背脊。

"你就没有这样的东西吗？"

寒月翁说道。

震撼在龙王院弘的背脊横冲直撞。

龙王院弘抱着膝盖，闭口不言，仿佛在忍受这一波波冲击。

"岂会没有？"

寒月翁说道。

龙王院弘没有回答。

咬牙忍耐。

他有。

所以他此刻才会蜷缩于此。

他仍在重拾自我的旅途之中。

第六章 异变

闇狩り師

被剃光的头，脸，肩，胸，背，臀，腿……
每一处，都有虫在动。

1

露木圭子抱着膝盖，坐在榻榻米上。

背靠着墙，盯着稍远处的榻榻米表面，纹丝不动。

这个房间好冷。

虽有油汀，但它产生的热量似乎被潜入房间的寒气压了一头。

寒气自窗户和拉门外悄然逼来。

圭子身上没表，不知道自己被关进来多久了。

因为她还没来得及戴上手表，就被抓过来了。

当时还是傍晚。

如今已是深夜。

忽然，布满淤泥的白色物体——人的头盖骨浮现在榻榻米的表面。

额头上有洞的头盖骨。

惊惧席卷全身。

她在湖底发现了那个东西。

出自那块刻有十字架的石头下方的泥里。

给乱荛打电话的时候，太阳仍高悬于天际。

于是她便想在乱荛赶到之前再下一趟水。

虽然冒出了这个念头，但她起初也有些犹豫。

最后却还是输给了诱惑。

一想到乱荛就要来了，她便放松了警惕。

潜到湖底。

她还记得那个地方。

不一会儿便找到了。

她还是觉得，刻在石头上的图案怎么看怎么像十字架。

她细细观察，轻手轻脚，以免带起湖底的淤泥。

那块石头原来应该是立在地上的，后来才在某些因素的影响下倒了下来。

至于这件事发生在沉湖之前还是之后，她当然不得而知。

锁定石块原先竖立的位置自然不是难事。

因为十字架的下端——也就是较长的那一段，必然指向石块的底部。

她伸手摸了摸那个地方的泥土。

泥土很是松软，手很快便陷了进去。

细碎的泥浮在水中，遮挡住她的视线。

就在这时，她的指尖碰到了硬物。

她下意识抓住了那个东西。

看清它的模样时，她的喉咙顿时发出怪响。

那竟是人的头盖骨。

她连忙松手抛下。

几乎陷入恐慌。

换作潜水经验不丰富的人，这极有可能成为事故的导火索。

她好不容易爬上岸，却发现眼前站着两个男人。

他们抓住了她，将她强行带来了这座宅邸。

其中一个，是她昨晚见过的人。

名叫津川。

就是津川将她关进了这个房间。

他吩咐一个手下在走廊守着，他自己转身离去。

不一会儿，津川便带着另一个人回来了。

那是个身材高挑、一头长发的男人，名叫红丸。

"你们要对我做什么？"

圭子如此问道，津川和红丸却都没有回答。

置之不理。

反而质问圭子："你在那儿干什么？"

闭口不言的念头一闪而过，但她还是改了主意。

如实作答。

毕业论文的事情也好，黑伏的事情也罢，她和盘托出。

唯独没提自己遇到了乱奘，而且已经在酒店开了房。

也没提乱奘会连夜赶来。

所以她也没告诉他们，在遇到乱奘的那天晚上，她见到了一个男孩和一个老人。

只要乱奘找到酒店，便会发现她不在那里。

到时候，他就会猜到她出事了。

如此一来——

她觉得，那个人高马大却眼神和善的男人定会想办法搭救她。

根据乱奘在电话中的反应，还有初遇时的种种迹象，圭子推测出，乱桀和这群人存在某种关系。

"嚯，人的头盖骨啊——"

听完圭子的叙述，名叫红丸的男人露出愉快的微笑。

"我们已经派人去你潜水的地方找了。要不了多久，就知道你有没有说实话了。"

"我知道的就这些！放我走吧！"

听到这话，红丸微微摇头。

"眼下情况有点复杂。今晚怕是只能请你作为客人暂时住下了。"

"怎么能这样……"

红丸回以和善的微笑。

红丸与津川离开后，房间里便只剩圭子一人。

进出房间只需经过一道推拉门，奈何门口的走廊上有两个男人守着，无路可逃。

简直是变相软禁。

跟两个看守搭话，也得不到任何回应。

硬冲出去也没用，因为看守会用蛮力抓住她的胳膊，将她拽回房。

圭子被困至今。

门外仍有人守着。

他们只送过一次吃食。

还是方便面。

圭子姑且吃下。

于是房间中间的榻榻米上，多了个孤零零的空碗。

圭子边上有一个坐垫，但圭子只在吃方便面的时候坐了一下。其余的时间，她一直保持背靠墙壁，抱着膝盖的姿势，苦苦等待。

等谁？

自然是他——九十九乱葵。

忽然，走廊的另一头传来越来越近的脚步声。

她能感觉到，门口的看守都站了起来。

好像有人来了。

推拉门开启，走进来一个男人。

正是红丸。

"随我来。"

他将圭子叫了出去。

圭子随他来到玄关。

走出大门。

天寒地冻。

幽暗的天空，盖着厚重的云层。

云层仿佛已将月亮吞到腹中，有一小片云层现出苍蓝的光亮，朦朦胧胧。

然而，那一小片的云层似乎也在以肉眼可见的速度逐渐增厚。

白色的玩意，自青黑色的天际悄然飘落。

竟是雪花。

一片——

两片——

雪花从天而降。

"嚯……"

走在前面的红丸停下脚步。

"下雪了？"

他喃喃自语。

他的红唇在夜色中仍然鲜艳。雪花飘落于其上，静止不动。

随即与红丸的微笑一同消失，宛若叹息。

黑暗中的雪花越来越多。

红丸在雪中迈步前行。

前方有一座乌黑的高耸建筑。

正是仓房。

圭子在他的带领下，走到仓房之中。

2

光秃秃的灯泡悬在头顶。

一小团黄色的火焰在泥地的角落里燃烧，火星四溅。

津川站在火旁。

随红丸走进仓房的圭子不禁轻轻倒吸一口气。

只见泥地中央摆了一张木桌，一个女人仰面躺在上面。

一丝不挂。

头顶也不见一根头发。

肌肤苍白无比，仿佛比冰霜更凉。

遍体鳞伤，伤口还渗着血。

双手的手指最触目惊心，找不出一根像样的指头。

那光头裸女就这么仰面躺着，呼吸均匀绵长。

"准备得如何了？"

红丸问津川道。

"剃了她的头发，并按照您的要求搬来了桌子和那个东西。"

红丸环视仓房内部，微微点头。

他盯着仍未回神的圭子，如耳语般说道："别怕，那不是尸体。至少现在还不是——"

此话不假。

因为桌上那人的乳房在缓缓起伏。

而那人的头边，摆着一个白色的东西。

白而圆。

"那是——"

圭子脱口而出。

"没错，那就是你在湖底看到的东西。"

红丸如此说道。

他拿起那白色的东西。

确是那头盖骨。

额上有个小小的黑洞。

"它怎么会在……"

"刚才不是说了？是我们派人去你潜水的地方找来的。"

"……"

"因为它与我有些渊源。"

说完，红丸便将那头盖骨原样放回桌上。

"差不多了，那就开始吧。"

说着，红丸将右手插入西装内袋。

缓缓抽出某种物件。

犀利的银色金属，沐浴着灯泡的亮光与焰色，闪闪发光。

竟是三根针。

长约十五厘米。

"针……"

惊恐之色浮上圭子的眼眸。

"别怕。这针与你并无直接的关联。哦，好像也不能这么说。"

红丸一面说着，一面将三根针横着含在唇间。

然后将右手插入那个女人——多代的肩膀下方，抬起她的上半身。

从唇间的三根针里抽出一根。

红丸的眼神忽而严肃起来。

所有表情都从他脸上消失了。

红丸的眼睛，注视着多代的后脑。

他以右手持针，针尖缓缓靠近多代的后脑。

他的左手食指，则轻轻触碰多代的后颈根部。

似在摸索什么东西的位置。

恰好是脖颈和头部的衔接之处。

也就是脊椎化作颈椎，潜入头部的位置。

那一处的头发已被剃光。

曾经的长发，一根不剩。

红丸将脸凑了上去。

右手持的针愈发接近多代的皮肉。

突然，针尖自斜下方扎入皮肉。

那是何等阴森可怖的景象。

针尖扎入的位置，正是后颈根部略略向下凹之处。眼看着那针头缓缓陷入凹陷的中心。

逐渐深入，无休无止。

由于针在反光，旁观者难以看清它是否在动。但红丸持针的右手指尖正在不断靠近多代的头，可见针确实是越扎越深了。

最终，针的大部分扎进了多代的后颈根部——她的头部。

却没出一滴血。

"噫——"

圭子将尖叫咽到肚里。

第二根针，扎入略靠下的多代的脊柱内部。

第三根针同样扎入脊柱，但位置更加靠下。

"应该差不多了。"

红丸呼出一口气，如此说道。

整根针几乎都扎入了多代的头。

露在外面的，不过几毫米的针尾而已。

红丸扶着多代，将她缓缓放回原位，继续仰躺于桌面。

"如此便好。"

红丸惜字如金。

"哪里好了？"

圭子问道。

"哦，就是想让她帮忙带个路。刚才做的，便是准备工作。"

"那算准备工作？"

"不过是简单准备一下。"

"那些针是用来干什么的？"

"简单得很，就是往脑垂体那儿一扎。"

"脑垂体？"

"没错。方才我刺激了那处，调整了激素等物质的分泌量。如此一来，她的思维能力便会有所下降，但好歹可以勉强维持在能帮助我们达到目的的水平。"

"目的？"

"你很快便会知晓……很快。"

说着，红丸将右手插在怀中。

又掏出一根针来，和之前的三根一模一样。

然后用左手握住了多代的左手腕。

眼看着红丸将右手持的针悄然扎入她的左手腕。

随即抽出。

圭子的身体瑟瑟发抖。

等待着她的，会是怎样的命运？

这人为什么要带她来这种地方，还费尽心思让她看到这般景象？

在疑惑涌上心头的刹那，她的心脏"扑通"一跳。

"难道——"

圭子心想。

"难道他们想杀了我？"

所以才让她看到了眼前的这些景象。

让一个就快上西天的人看到什么，都无关大局。

如果他们明天就会放她走，那就断然不会让她看到这一幕。

"没那么快起效。尽管我为了加快速度，一连施了三针。"

红丸说道。

"她是什么人？"

圭子问道。

"直到刚才，她还是我们的敌人。此刻的她，不过是一个睡着的女人。而她苏醒后，便会成为我们的奴仆——"

"敌人？"

"没错。"

"为什么不给她止血? 再这么下去, 她肯定会死的。"

"她会死, 但不至于立刻就死。她的死, 能为我们所用。"

一个个"死"字脱口而出, 红丸却泰然自若。

"那你岂不是在杀人吗?! "

"我们这边也有不少人死在了她和她的同伴手上……"

红丸用平静的声音说道。

直至此刻, 圭子才意识到自己被卷入了一起何等骇人的事件。

她终于意识到, 自己已深陷旋涡。在这个旋涡中, 人是有可能因他人的意志而非意外一命呜呼的。

"此乃'变生法'。"

红丸说道。

"变生法? "

"是'变生法'中的'返兽之术'。"

"……"

"其实啊, 人体蕴藏着无穷的可能性。"

"可能性? "

"大部分生命的肉体之中, 都有潜能。人啊, 是可以变身成非人之兽的。"

"啊? "

"人本就从非人之兽进化而来。因此人的肉体之中, 还留有野兽时期的痕迹。"

"什么意思? "

"对人而言, 退化成野兽, 反倒比进化更加容易。毕竟那是人体早已经历过的阶段。"

"……"

"有个词叫'返祖现象'，指的便是人体出现了与所谓的进化方向相反的变化。偶尔也有人产下野兽模样的后代。"

红丸语气平和，停顿片刻后继续说道。

"人为激发这种返祖现象，便是我方才说的'返兽之术'。不过'返祖'一词是最近硬附上去的理论，我也是一知半解。但世上存在'把人变成兽的技术'这一点是毋庸置疑的。"

"我不信。"

"要不了多久，你便能亲眼见证了。"

"……"

"扒光她的衣服，是为了让那具身体产生危机感。"

"危机感？"

"人觉得冷了，便会穿上衣服。可动物没有衣服可穿，那它们要如何维持身体的热度呢？"

红丸悄然勾起唇角。

"寒冷会促使她的身体启动自保机制。而这一机制，会让'返兽之术'更快起效。"

圭子无言以对。

只是盯着红丸。

"此时此刻，若以名为'进化'的时间轴为参照物，那她的身体就是静止不动的。也可以将其形容成一摊静止的水，近似流体。而那流体属性的水，正要流向过去。"

"我听不懂你在说什么。"

"不过是个小小的助兴节目，反正有的是时间。对了，说来可惜……接受此术之人，其智力往往也会下降到如野兽一般，无异于三岁小儿——"

"……"

"但对此刻的我们而言，这反而是求之不得的。因为如此一来，她就不会多想，而是以直觉行动。放血也是为了用死亡来刺激她的肉体。一旦感受到身体慢慢流失血液的滋味，他们都会给出同样的反应，那就是回家。"

"回家？"

"回到自己的巢穴，回到伙伴的身边。在我看来，用'归巢本能'来概括这种现象也并无不可。"

"……"

"我们想知道她的同伴藏身何处，却无法直接撬开她的嘴。所以放了她，再跟着她找过去，才是最便捷省力的法子。"

红丸顿了一顿，俯视多代的脸。

"就算她不愿回去，我也可以施加一些轻微的刺激。到时候，她定会下意识地回去找她的同伴。"

"这也行……"

"知道什么叫'印随行为'吗？"

红丸说道。

"知道。"

圭子点了点头。

印随行为是动物行为学领域的概念。

在鸟类身上表现得尤为明显。

例如，家鸭会将出壳后最先看到的会动的东西认作母亲——这是它们的本能。

因此，只要在即将孵化的鸭蛋边上放一辆遥控玩具车，刚出壳的小鸭就会将玩具车认作母亲。

等小鸭能走了，便会跟着玩具车到处跑。因为在它们看来，玩具车就是鸭妈妈。

这就是所谓的"印随行为"。

"她也会出现这种印随行为。"

红丸打量着圭子，平静地说道。

"红丸似乎比初见时更健谈了。

"他为什么要告诉我这些？

"为什么特意带我过来？"

恐惧透过圭子的背脊。

"为什么？"圭子问道，"为什么带我来看她，还跟我解释那么多？"

"为什么？"

红丸重复了圭子的问题，勾唇一笑。

圭子的心脏怦怦直跳。

"看来，你是个聪明的女人。"

红丸仍云淡风轻。

语气平静无比，直叫人起鸡皮疙瘩。

"责任在抓你过来的那群人身上。他们本该随你去，吓唬你两句足矣，却还是把你带了过来。也难怪啊，毕竟出了那么大的事，每个人都战战兢兢的。要是有那边的津川坐镇，也许不至于闹到这个地步——"

圭子咬着嘴唇，向后退去。

她的眼角余光扫向仓房的门，正要发足狂奔。

可就在那一刻，她的右臂被抓住了。

津川出手了。

他毫不费力地将圭子的胳膊反扣到背后，叫她动弹不得。

圭子双腿发颤。

"放开我！"她大吼道，"放开我！放我走！！"

反扣手臂的力量无声加强。

纯粹的痛苦，压倒了圭子放声大喊的意志。

"正好，也到时候了，"红丸说道，"按住她。"

红丸缓缓走到圭子面前。

右手拿着扎过多代手腕的针。

圭子试图尖叫。

却没发出声来。

因为津川从她身后伸出另一只手，捂住了她的嘴。

她的下巴被高高抬起。

白皙的喉咙暴露无遗。

圭子转动眼珠，看到了步步紧逼的红丸。

剧痛贯穿全身。

她清楚地听到，尖锐的金属"扑哧"一声扎入她的脖子。

随即抽出。

疼痛的脖颈之上，忽地多了一层温热。

她还以为，那是她自己的血。

其实不然。

是红丸覆上了他的唇。

狠狠吸吮。

红丸正在吸吮伤处的血。

圭子顿感眼前发黑。

红丸松开了她。

红唇保持紧闭，微微一笑。

圭子无法分辨那一抹殷红是嘴唇的本色，还是被自己的鲜血所染。

心乱如麻。

红丸转过身去，走向桌上的女人。

圭子能感觉到鲜血顺着脖子流下，自衬衫领口钻到胸口。

她一边感受着，一边用目光追随红丸的动作。

只见红丸站在多代身边，突然把脸凑向她的脸。

嘴唇交叠。

红丸位置稍偏，以至圭子能透过他低垂的长发，看到两人交叠的嘴唇。

唇间分明有鲜血溢出。

是她的血。

红丸正将圭子的血嘴对嘴喂给多代。

多代惨白的喉咙一动。

吞下一大口液体的声音，回荡在仓房中。

紧接着，多代的喉咙又动了几下。

红丸松开嘴唇。

脸却仍在多代的脸正上方不远处。

保持不动。

片刻后，多代的眼皮微微颤动起来。

眼睛睁开，露出一双大得出奇的眸子。

而那双眼睛捕捉到的，正是在她面前勾唇微笑的红丸。

多代慢慢直起上半身。

圭子低声惨叫。

因为捂着她的嘴、扣着她胳膊的津川终于松了手。

突然，多代行动起来。

她如炸裂一般裸身自桌上飞来，以四肢撑地的姿势，沿泥地冲向圭子。

而圭子仍在津川的掌控之下。

头已重获自由，但无法移动身体逃跑。

"停！"

红丸厉声下令。

多代立刻停住，保持四肢着地的姿势，在圭子跟前抬起了头。

她仰望圭子。

"呼咻噜噜噜……"

呼出混有血沫的气。

嘴唇翻起，露出带血的犬牙。

"不必大惊小怪。她已与半兽无异。"

红丸如此说道。

圭子俯视跟前的多代。

多代以双手撑地，双脚则是脚尖着地。

那具身体并非野兽的身体，而是不折不扣的人身。

照理说，人摆出兽的姿势会显得很别扭，多代的身形却像模像样。

足见眼前的景象是多么扭曲，多么骇人。

圭子和多代四目相对。

多代的脸上，有什么东西在动。

看不出来是什么。

小而细，似是某种虫子。

不，不光是脸。那种东西，正在她的全身蠕动。

被剃光的头，脸，肩，胸，背，臀，腿……每一处，都有虫在动。

在认出那是什么的刹那，圭子高声尖叫。

叫得声嘶力竭。

叫得再响也不过分。

因为那些在多代的身体表面蠕动的细小"虫子"……

竟是一根根即将萌生的兽毛。

第七章 鬼泪

闇狩り師

小茂将自己那份烤鸡啃掉一半，
剩下的一半却塞进了裤兜。

1

龙王院弘抱着膝盖，凝视火焰。

黑暗中，火舌飘忽闪烁。

至于那团火是摇曳于眼前，还是在自己的胸口烧灼，龙王院弘也说不上来。

无明暗夜，唯有火光清晰可辨。

"——有吗？"

龙王院弘问那团火。

"我有吗？

"我有寒月翁所谓的不能用钱换的东西吗？"

他本以为，自己是没有的。

这些年来，他一直在为钱出卖自己的技艺。

他曾想抓住大凤吼，把人卖给久鬼玄造。曾想揭露幻兽的秘密，狠敲久鬼玄造一笔。

可如今呢？

如今的他，已不再有这些念头。

不，说"没有"，那便是自欺欺人。

他想要钱，但在那之前，他必须得到一样东西。

龙王院弘所渴望的……

正是无法用金钱换来的东西。

再多的金银财宝，都无法取而代之。

他渴望的是自尊。

哪怕坐拥金山，若是没有自尊，那便是一无所有。

然而，龙王院弘也说不清楚"自尊"究竟是什么东西。

那本是他曾经拥有过的东西。

问题是，它究竟是什么呢？

他知道自己曾经拥有它，但此刻不然。

他还知道——怎样才能再次得到它。

那便是战胜九十九三奘——让他匍匐在自己脚下。

还要将另一个人打得满地找牙。那便是弗里德里希·博克。

"黄皮猴子。"

那人曾如此辱骂自己。他必须用拳头砸烂那人的鹰钩鼻，必须让那鼻子深陷于颧骨内侧。

还有一个非赢不可的对手。

龙王院弘熟知他的名字。

——龙王院弘。

自己必须战胜的人，就叫这个名字。

正是他自己。

在丹泽山中，就是他被化作幻兽的大凤吼吓得浑身发颤。

每次忆起当初，他都不禁咬牙切齿。

细想起来，那正是一切的开端。

正是从那一刻起，自己心中乱了套。

"想什么呢……"

平静的声音传到龙王院弘耳中。

开口的正是寒月翁。

"没想什么。"

龙王院弘回答。

寒月翁用双眼注视着他，仿佛能透过火焰，看清他脑海中的思绪。

"呵呵。"

寒月翁微微一笑。

冰寒彻骨的空气，充斥着洞穴内部。

寒月翁眯起眼睛，微微抬头，似在品味空气的味道。

他的目光，转向洞外的黑暗。

"下雪了啊——"

寒月翁喃喃自语。

龙王院弘也望向漆黑一片的洞外。

暗黑的森林中，有什么东西自天际翩翩飘落。

其实，落雪之声弱不可闻，雪花本身也微不可见。

但龙王院弘也能感觉到那近乎无声的动静。

一时间，洞内寂静一片，仿佛所有人都在聆听那近乎无声的雪音。

打破沉默的，是龙王院弘。

"你刚才说，我们可能要跟多代交手？"

龙王院弘低声问寒月翁。

"嗯，不错……"

寒月翁回答。

"这话是什么意思？"

龙王院弘追问道。

寒月翁却闭口不答。

露出将苦水强压在喉头的表情。

沉默再次降临，静得仿佛能听见雪花落地的声响。

小茂睡在龙王院弘身边，均匀的呼吸声在黑暗中轻轻回响。

龙王院弘能感觉到，洞穴深处的千绘正竖起耳朵，凝神听着自己与寒月翁的对话。

"以前……也发生过类似的事情……"

寒月翁似是下了某种决心，忽然开口。

"以前？"

"对。"

"出过什么事？"

龙王院弘问道。

寒月翁接下龙王院弘的目光，闭上眼睛，如此说道。

"那是很久以前的事了。十五年前——"

"……"

"我本以为，自己永远都不会对任何人说起这件事。但若迟早要说，那此刻便是最好的时机。"

"……"

"我本想将我们的事带进坟墓，不告诉任何人，此刻却有些动摇……"

"动摇？"

"要不了多久，我们便会带着久我沼家族与红丸走向灭亡。这一天已经不远了。破灭的预感，让我改了主意。我想在那之前，将我们的故事讲给某人——"

"不是不打算告诉任何人吗？"

"妙不可言的缘分，让你我在此相会。与你分享我们的故事，倒也并非不可。"

"……"

"也不知还剩多少时间，但与你大致讲讲我们的故事，总归是来得及的。"

"'我们'？"

"不错。事关我们黑伏一族。"

"黑伏？"

"嗯，"寒月翁点了点头，望向龙王院弘，"要讲述我们黑伏一族的故事，就必然会提及十五年前的事。到时候，你便会明白'这次要面对的敌人，说不定就是多代'是何意了。"

寒月翁用射出黄光的眼睛注视着龙王院弘。

"你觉得……我像哪国人？"

寒月翁如此问道。

"哪国人？"

龙王院弘盯着寒月翁。

寒月翁是个头颅偏大的老者。

在某些方面，确实不同于寻常日本人。

然而，他那大到扭曲的头颅，似乎与任何种族的特征都相去悬殊。

"看脑袋是看不出来的。肤色呢？"

寒月翁说道。

火光照亮了他的身影。

他有一张黝黑的脸。

哪怕有脏污与周围亮度的影响，寒月翁的肤色似乎也比普通人要黑得多。

"好像比普通人黑上不少——"

龙王院弘此话一出，寒月翁便点了点头。

"不错，我们的皮肤偏黑。这是因为……我们有黑人的血统。"

"什么?!"

"其实具体的事我也不甚了解，大半是推测。总之，这便是很久以前流传下来的说法。"

"很久以前?"

"可不是一两百年前，还要更久。"

"可……那时的日本有黑人吗?"

龙王院弘话音刚落，寒月翁便将手探到怀中。

掏出一个形似棍子的东西。

寒月翁将它抛给龙王院弘。

龙王院弘在半空中用右手握住它。

那东西很重。

是一把短刀。

长约三十厘米。

纳于黑鞘之中。

对着火光一看便知，那是陈年旧物。

龙王院弘缓缓抽出鞘中的刀。

映入眼帘的，是完全无法与古旧的外观联系起来的犀利刀身，散发着白色的金属光泽。

"瞧仔细了。"

寒月翁说道。

定睛一看，刀鞘上分明刻有家徽。

"这是?!"

"五木瓜。"

"……"

"这是织田家族的家徽。"

"织田家族?!"

"织田信长的家族。"

寒月翁如此说道。

"呜……"

龙王院弘轻声惊呼，好似呻吟。

"据说当年，有个黑人被耶稣会士进献给了织田信长。"

"你是说，那个黑人就是黑伏家的祖先?"

"我并未如此断言。"

"……"

"不过是陈述了三点事实。"

"三点?"

"其一，黑伏家的人有部分黑人血统；其二，那把刻有织田家族家徽的刀在黑伏家代代相传；其三——"

"曾有个黑人被献给了织田信长?"

龙王院弘说道。

"正是。"

寒月翁喃喃道。

"还有一点可用作佐证——"

"什么？"

"黑伏家每一代人的墓碑上，都刻着十字架。"

寒月翁语气平静。

龙王院弘将右手握着的刀缓缓插回刀鞘。

"黑伏家的人世世代代都只与少数修验僧来往……"

"然后呢？"

"换言之，黑伏家的人与社会几乎无交集。直到十五年前，大坝工程启动——"

"黑伏大坝？"

"不错。大坝都开建了，我们才听说有这么一回事。"

"……"

"我们当然竭力反对，一再要求相关方面的人不要建设大坝，停止施工。然而，没人在乎我们的意见。"

"呵……"

"没过多久，工地便接连发生事故。"

"事故？"

"有工人被卷进了推土机的履带，还有人被坍塌的泥土活埋——"

"……"

"死了好几个人。流言四起，说是黑伏家搞的鬼，说我们暗中下咒，企图逼停工程——"

"哦……"

"我们家也死了人——"

"谁死了？"

"我儿子。"

"你儿子?!"

"对。他前往工地要求停工，结果与对方发生了冲突，惨死在他们手中。"

"……"

"他被鹤嘴镐砸穿了脑门，一命呜呼。"

"然后呢？"

"他们却连遗体都不愿归还，一切按意外处理。对外宣称工地上有个工人在工作期间死于意外事故。"

言及此处，寒月翁沉默片刻。

龙王院弘也闭口不言

似乎在等寒月翁自己说下去。

"三天后，我才得知儿子的死讯。见他迟迟不归，我便去查了查，这才知道人已经没了——"

"查？"

"法子是粗暴了些。因为我听说工地上死了个工人，而我儿子恰好是那人出事那天去的工地。于是我就从工地抓了个人回来，撬开了他的嘴。就是废了他一条胳膊和一只耳朵……"

"……"

"工地上有的是身份不详、谎报来历的工人。我儿子也被当作那种人处理掉了——"

"哦……"

"在那之前，他们也对我们进行过种种阴毒的骚扰。我儿子就这样成了第一个因此牺牲的人。"

"之前死于事故的那些工人又是怎么回事？"

"彻头彻尾的意外，与我毫不相干。"

"……"

"于是我儿媳便前往久我沼家的宅邸，讨要她丈夫的遗骨。她是趁我不注意偷偷去的。要知道她正怀着我儿子的孩子，身子不方便。我根本不知道——"

"你儿媳是？"

"有个名叫小松升云的修验僧经常出入黑伏家。我儿媳就是他妹妹，名叫法江——"

"后来呢……"

"法江也是一去不复返……"寒月翁说道，"我试图潜入久我沼家一探究竟，却没能如愿。因为那里有红丸守着。"

"就是那个人？"

"于是我就把工地现场的主任——一个姓饭冢的人抓了回来。我通过他，得知了宅邸中发生的一切……"

"出了什么事？"

"久我沼羊太郎和佐一郎这对父子强暴了法江，刺激得她当场生下了孩子。生下了三胞胎——"

"三胞胎？"

"嗯。久我沼家的院子里有一棵大榆树，她就是在榆树下生下了三个孩子。将大量的羊水浇在那棵树下——"

"……"

"三胞胎中的一个孩子是死胎，另一个孩子有着黑色的皮肤，还有一个……"

说着，寒月翁将目光投向龙王院弘身侧。

"……就是睡在那儿的小茂。"

龙王院弘望向在自己身边沉睡的小茂。

如果寒月翁所说属实，那小茂必然是十五岁的孩子。然而，在一旁闭眼熟睡的小茂……怎么看都是十岁左右的孩子。

"法江被侵犯时一直抱着那棵榆树，定是怨气滔天，以致那榆树的气至今仍留有轻微的扭曲。平时看不出来，但向久我沼家发送诅咒后，瘴气应当会长时间残留在那棵树上，经久不散。明眼人定能看出，那里发生过非比寻常之事——"

"然后呢？"

"饭冢还透露了一件事。"

"什么事？"

"那个红丸的企图。"

"他想做什么？"

"献祭。"

"献祭?！"

"以人柱献祭。"

"……"

"献祭师红丸，有意将法江生下的黑皮肤婴儿用作大坝的人柱。"

"你说什么?！"

"这种风俗古已有之。在这个国家，只要有大型土木工程开建，这便是绕不过去的环节。而选定用作人柱的牺牲者，操办相关仪式的，正是献祭师——"

"现在还有这种事？"

"至少……十五年前还有。"

"当时还有？你是说——"

"我的孙儿之一，在十五年前被用作人柱了。"

"呜……"

"献祭必用外人，即不属于这片土地的人。如此一来，就不会有人为其哀痛，也不至于招来怨恨——"

寒月翁的声音已无抑扬顿挫。

平静淡漠。

"那段时间，我没住在黑伏家的主屋。因为过于危险，随时都有可能遇袭。平日里上山采野菜的时候，我们会在山间的一间小屋歇脚。于是我便与黑伏藏在那里——"

"黑伏？"

"黑伏家养的狗就叫这个名字。"

"……"

"我把抓来的饭冢撂在那间小屋，赶往久我沼家营救法江和两个孙儿——"

"结果如何？"

"我成功溜进了久我沼家的宅院，却在半路被人发现。我撂倒了一名守卫，但抱着小茂一人逃走已是我的极限。要不是有红丸坐镇，我本可以救出他们母子三人——"

寒月翁往势头渐弱的火堆里添了些木柴。

"我回到那间小屋，给小茂喂了些提前备好的羊奶。就在我计划下一步行动的时候，她找上门了。"

"红丸？"

龙王院弘问道。

寒月翁点了一次头，又默默摇头。

"最先找来的不是红丸，而是法江。"

"法江？"

"那时的法江，已面目全非。"

"什么?!"

"红丸那厮……对她用了外法之术。"

"怎么说?"

"人称'返兽之术'。"

"这是一种什么样的法术?"

"此术能将人体变成仅存本能的躯壳。换言之，这是一种将人变成兽的法术。"

"法术竟能做到这个地步?"

"能。有些法术不仅能扭转人心，还能让人连肉体都沦为兽形……"

兽——

战栗随这个字席卷龙王院弘的背脊，带来无限惊骇。

将人变成兽的法术——

龙王院弘不禁想起了在丹泽化身幻兽的大凤吼。

"兽啊——"

"嗯。"

"会变成彻头彻尾的兽?"

"那倒不是。外表与人并无太大差别，就是身上会长出兽毛，能用四肢行走——眼看着法江以四肢走进小屋，向我攻来。我下意识使出指弹，命中了法江的额头……"

"……"

"我便是这样亲手杀死了自己的儿媳。"

寒月翁语调平缓，却有根根血丝浮上眼球。

"所以你之前才说，这次要面对的敌人会是多代?"

190

"不错。也许红丸会故技重演，对多代施展那返兽之术。到时候，多代便会像重获自由的野兽那样，试图回到伙伴身边。于是要不了多久，她便会现身于此。"

"我还以为你跟红丸暂时休战了，要等明天再商量怎么用那个女人换回多代。看来红丸说的那些话，你是一个字都不信啊。"

"那是当然。"

"也罢。那就接着往下说吧——"

"嗯……"

寒月翁应了一声，继续讲述。

"我抱着小茂冲了出去，殊不知红丸就在外面候着。"

"你和他交手了？"

龙王院弘眼里燃起妖异的火焰。

"嗯。"

"全程抱着小茂？"

"我把小茂托付给了黑伏。"

"托付给一条狗？"

"我让黑伏叼着小茂逃走了。"

"交手的结果怎样？"

被龙王院弘这么一问，寒月翁默默拉起衣服。

露出内侧的肌肤。

只见他腹部的皮肤上，有一道歪斜的陈年刀伤。

一眼望去，便知伤口相当之深。

龙王院弘能看出来。

如今虽只剩瘢痕，但不难想象，刚受伤的时候，那一处定是皮开肉绽。

那必定是一处深得能漏出肚肠的伤口。甚至能从外面看到内脏的颜色。

"那是？"

"这就是出自红丸之手。"

"然后——"

"我自是动弹不得。动作太急，肚肠搞不好就掉出来了。即便原地不动，不及时救治，那我也是死路一条。"

"也是。"

"我痛下决心。"

"决心？"

"决意与他同归于尽。"

"……"

"我都想好了，如果红丸攻来，我就想办法一命换一命。我赢不了他，但拼个玉石俱焚的机会还是有的。反正我都动不了了，除此之外也别无选择——"

"然后呢？"

"我只得等待。他已在之前的大战中用尽了针——"

"所以他只能直接进攻？"

"嗯，但他也按兵不动，而这正是红丸的过人之处。他也在等。等我自己虚弱到无法动弹的地步。此人是何等狠毒——"

"后来呢？"

"眼看着我都快站不住了，都快死心了，所幸他们及时赶到。"

"谁来了？"

"黑伏与身着山伏法衣的小松升云。"寒月翁重新遮住腹部的瘢痕，"于是红丸便逃了。不，应该说他是办完了该办的事，打道回府了。"

"……"

"在红丸消失不见，升云扶住我的那一刻，我昏死过去。"

"嚯……"

"三天后的夜里我才苏醒过来。苏醒的地方恰巧是这个山洞——"

"就是这儿？

"嗯。我当时就躺在你现在坐着的地方，升云则坐在我这儿——"

"……"

"我一醒来便意识到，红丸要杀法江的孩子，用作祭品。"

"后来呢？"

"结果我已经告诉你了。"

"孩子还是被用作人柱了？"

"事后才知道，就是在我醒来的前一天晚上。那天，久我沼家的人给全体工人发了奖金，工地也放了假，工人都去温泉聚餐了。只有久我沼父子、红丸和工地主任饭冢没有参加宴会，而是留在了工地。那是一个月圆之夜。想必红丸就是在那晚举行了仪式……"

寒月翁的声音微微发颤。

"升云将被我亲手杀害的法江葬在了黑伏家的坟地……"

"你们就没想过报警吗？"

"也不是没想过。然而对我们而言，警察和久我沼家的人终究都是我们的敌人。报警也无济于事。毕竟我们都不算是日本的公民，世世代代生活在山野之中。献祭也好，人柱也罢，这种人说的话，又有谁信呢？"

"……"

"根本没有证据。我们也好，刚出生的孩子们也罢，都无异于从未存在于人世的虚影。唯一勉强算得上证据的，就是升云的妹妹法江的尸骸，因为她有户籍。然而，杀死法江的人就是我。就算还能找出其他证据，除非是不容忽视的铁证，否则都会被压下去。毕竟，负责办案的是本地警方。在这片土地上，久我沼家族对警界也有巨大的影响力——"

龙王院弘无言以对。

"你说的都是真的？"

声音突然响起。

出自千绘。

寒月翁没有回答。

龙王院弘亦然。

"都是真的?!"

千绘又问了一遍，带着半分嘶吼，半分哭腔。

寒月翁仍然沉默不语。

唯有火星轻轻爆裂，似是回应。

寒气与黑暗自洞穴深处股股逼来，将洞穴笼罩，连同那一团火。

那一刻，浮现在龙王院弘脑海中的并非博克，亦非师父宇名月典善，更不是九十九三奘。

他在脑海中勾勒出一个彪形大汉的容颜。

他想起了乱奘。

乱奘的厚唇，含着淡淡的微笑。

龙王院弘明明只见过他两次，但此时此刻，他的存在感却叫人倍感怀念。

"他在干什么呢？"

龙王院弘寻思着。

他感受着自己的心田，仿佛是在寻找那团本该在他腹中烟雾弥漫，想刻意扑灭也不可能如愿的火焰。

2

那是一张男人的脸，丑陋无比。

男人的脸，竟会丑陋扭曲到这般地步？

被逼到仓房角落里的露木圭子打量着久我沼佐一郎的脸。

佐一郎的眼睛已近球形。

由于他将眼睛睁得极大，眼球的轮廓暴露无遗。根根血管浮于眼球表面，宛若红色的线头。

他的嘴半张着，舌头的蠕动清晰可见。

牙齿很脏。

口水自两侧嘴角流下。

整张脸因欲望而红肿发黑。

连饥肠辘辘的狗，都不会如此明目张胆地将欲望写在脸上。

"嘻嘻……"

佐一郎笑了起来。

"给我按住她——"

那是一间寒冷的仓房。

圭子仅有牛仔裤和破烂不堪的衬衫遮体。

除了佐一郎，仓房中还有两个男人。

他们行动起来。

圭子试图逃跑。

却无路可逃。

两人一左一右，抓住了她的胳膊。

一团团浓重的白气，呼出圭子的嘴唇。

因为仓房内的空气简直冰寒彻骨。

圭子不住地挣扎。

"放手！放开我！"

她嘶喊起来。

话音刚落，就被人打了一耳光。

"小妮子，你就死了这条心吧。还不如死前好好享受一下，不然岂不是亏了？"

抓着她右臂的男人说道。

"要是你表现好，说不定还能多活一阵子呢。"

抓着她左臂的男人则说。

他们是那种用言语欺辱年轻女性，以撩拨内心兽欲的人。

但他们所言不假。

句句属实。

圭子也清清楚楚预感到了死亡。

"我要死了——"

她心想。

"我会被他们百般羞辱，最后惨遭杀害。

"怎么办？

"全心全意伺候他们，便能捡回一条小命？就算能苟活一时，也只能活到他们厌倦自己这具身体之前。

"而厌倦，总是来得很快。

"一具随时都能随意摆布的女体，必然会令男人迅速厌倦。"

毕竟只有肉体层面的联系，而没有情感层面的交流。而且，这种"联系"还是单向的。

她不可能感受到丝毫快感。

两个男人你一言我一语。

佐一郎从前面追了过来。

伸手去够腰带。

好一张令人作呕的脸。

只见他解开腰带。

裤子滑落在地。

折磨女人的画面，似乎令他的欲望进一步膨胀。

——反正都要死了。

——反正是要被杀掉的。

佐一郎的眼神如此示意。

——必须杀了她。

——她死定了。

所以对她做什么都无所谓。抽搐的笑容浮上佐一郎的唇角。

佐一郎的精神，似有部分缺失。

黑眼圈清晰可辨。

这是缺乏睡眠所致。

他的肉体与精神，都承受着超出其极限的重压。而这种状态正在侵蚀他的身心。

否则，他断然不会在这种地方脱下内裤。

换作平时，他就算要侵犯一个注定要死的女人，也会选择在家中进行。

他对女性的肉体，产生了强到诡异的欲望。

不，也许更确切的说法是——正是这种欲望，将佐一郎留在了离疯狂错乱不过一步之遥的状态。

若不是仍保留着对女体的欲望，佐一郎此时此刻恐怕都站不起来了

"×！"佐一郎呻吟道，"竟敢碰我的千绘……"

妻子千绘被羊太郎侵犯的景象，似乎又一次浮现在了他的脑海中，清晰无比。

"当年我也上了黑伏家的女人……"

他更像是在自言自语，而不是对圭子说话。

"狠狠上了她。她起初还不乐意，后来——"

他瞪了一眼圭子。

"你也可以——"

圭子吞下一声尖叫。

她心想："我死定了。我会被他弄死的。"

半个她想到了这一层，另外半个她却还没来得及理解自己所处的境地。

挣扎，抵抗，只会进一步激发这群人的施虐心理。

但这并不意味着，她可以在一个胯下挺立的男人步步紧逼时保持平静。

换作平时，她定会大声哭喊。

拼命挣扎，使事态进一步恶化。

但圭子咬牙坚持住了，因为她正在脑海中勾勒一个男人的

身形。

一想到他，几乎消减气力的她便能振作起来。

明明只见过他一次。

为何如此牵肠挂肚……

九十九乱奘——那就是他的名字。

圭子告诉自己，他一定会来的。

如今，这个念头已是她唯一的救命稻草。

问题是，他真的会来吗？

——会的。

圭子如此认定。

随即转念一想，不可能的。

没戏。

即便乱奘真的赶到，那时她十有八九已经遭了毒手。

两种想法针锋相对，心绪摇摆不定。

"他应该会来的。"

圭子心想。

凭什么这么肯定？她说不上来。

不，依据还是有的。

因为他答应过她。

他说他会来的。

因为对她做出承诺的不是别人，而是他。

胸口处的衣服大开。

"咯呼呼……"

佐一郎从喉咙深处发出下流的笑声。

就在这时——

他身后的推拉门响了一声。

佐一郎回头望去，只见沉重的推拉门缓缓开启，嘎吱作响。

"爸……"

佐一郎惊呼。

站在门口的，分明是睡衣前面敞开的久我沼羊太郎。

灯泡的光亮，在他干瘪的胸口勾勒出肋骨的阴影。

"千绘……"

羊太郎喃喃自语。

死相清晰可见。肤色已与死者无异。

一如纸张。

仿佛是将棕色的纸糊在了骨头上。

全身上下，唯有一处仍饱含生气。

羊太郎走入仓房。

"佐一郎……"

羊太郎开口说道。

"爸……"

"她是我的……"羊太郎走上前来，"我已命不久矣。只想在死前，再尝尝女人的滋味……"

羊太郎如此说道。

"嘻咔咔咔咔……"

羊太郎张开嘴，发出几声干笑。

对肉欲的贪恋已近癫狂。

3

火堆噼啪作响。

洞穴之中。

漆黑一片，寒气逼人。

黑暗中的龙王院弘蜷坐在地，宛若野兽。

寒月翁刚叙述完当年的事。全程嘀嘀咕咕，声音低沉，无异于自言自语。

十五年前——

那些往事，与黑伏大坝的工程有关。

好一个惊骇无比的故事。

紧随故事而来的便是寂静。

火星飞溅的响声与细弱绵长的呼吸声，在寂静中回荡。

呼吸声出自小茂。他枕着龙王院弘的膝盖，睡得正香。

洞穴深处的千绘之前还时不时喊上两声，此刻却一声不吭。

并非睡着了。

只是沉默不语，一动不动。

直叫人怀疑，她是不是没有呼吸。

但能感觉到她还醒着。

她不仅醒着，还目眦尽裂，将目光投向某处。

不难推测出她此刻的状态。

却不知那两道目光投往何方。

也许是比这洞穴更深不可测的幽暗处。

无人开口。

刚才下的雪，一片片落上森林内的大地，近乎无声之声自洞外*丝丝*传来。

雪，似能抹去人间的一切声响。

落雪无声，反而加深了寂静。

在漫长的沉默后，龙王院弘率先开口。

"知道鬼劲吗？"

他低声问道。

"知道，"寒月翁回答，"可你是从哪儿听来的？"

"是红丸亲口说的。"

"红丸?!"

"他如此称呼对我使出的那一招。"

"他对你用了那招？"

"嗯，但我勉强躲开了。"

"你竟能躲开？"

面对寒月翁的惊疑，龙王院弘略收下巴，点了点头。

"亏你躲得开。"

"毕竟不是头一回见……"

龙王院弘如此回答。

鹰钩鼻老外的面容，浮现在龙王院弘的脑海中。

"黄皮猴子。"

就是他对龙王院弘说出了这四个字。

龙王院弘是他的手下败将。

而他当时击败龙王院弘的招式，与红丸使出的招式如出一辙。

无形的高压之力。

自侧面或后方砸向自己。

敌人明明在自己正前方，那股力量却并非来自正面。

"我刚才没提……其实红丸当年就是用那招打败了我——"

"哦……"

"一切发生得太突然了。他释放的力量突然从我背后猛砸过来，击中了我。我的动作因此变得迟缓，这才被他劈开了肚子。"

"鬼劲啊——"

"嗯。"

"那是一种什么样的招式？"

龙王院弘问道。

他能感觉到，自己的身体开始微微发颤。

却不知导致这种颤抖的，是恐惧还是别的什么因素。

但他还是忍住了。

咬牙坚持。

"那是一种什么样的招式？"

他又问了一遍。

"嗯……"寒月翁说道，"也许能将其比作——'有意志的气'。"

"有意志的气？"

"嗯。"

"此话怎讲？"

"你能用气击中他人吗？"

"用气？"

"习武之人可以将气注入自己的肉体，在用拳头击打对方的同时将气一并释放——"

寒月翁说道。

龙王院弘点了点头。

"但实现这种效果的前提是，自己的身体要与对方接触。"

"嗯。"

"而我刚才问的是，你能不能在不接触对方的情况下，将与实际出拳同等级别的气砸向对手。"

"我没试过。"

"但你有能力操控相当多的气。初遇时，你不也接下了我发射的气，还将你自己的气射向了我吗？"

"你说那个啊——"

"对。"

"可那样是没法把人撂倒的。"

"不，如果方法得当，那样的气也可以像拳头那样击倒对手——"

"嚯……"

"只需将气转化成高压的气团，砸向对方，但不是人人都有这个本事。"

"你有吗？"

"那我就露一手给你瞧瞧。"

说完，寒月翁便陷入了沉默。

他凝视着龙王院弘。

龙王院弘能感觉到，一股无形之力，也就是气，正在他体内缓缓积聚。

气推高了寒月翁体内的压力，使其转化为高压的气团。

寒月翁却纹丝不动。

突然，它被释放出来。

龙王院弘的身体前面感受到了某种冲击力。

冲击力与孩童用膝盖轻顶的力度相当。

类似风带来的冲击，却不是风。

有硬风扑面而来的感觉，却不伴随空气的流动。

"再来一波。"

寒月翁说道。

气的压力再次于寒月翁体内上升，速度一如之前。

但与之前不同的是，寒月翁的手在动。

只见他用两条胳膊包裹着身前的无形气体，做出描画一般的动作。

寒月翁的手掌，对准了龙王院弘。

将手掌猛向前推。

比方才更猛烈的冲击力，砸中龙王院弘的身体。

"你可品出了区别？"

寒月翁问道。

"后一波力度更强。"

"其实我在这两波冲击中使用的力本身并无不同，只不过是在后者中叠加了身体的动作。如此一来，便更容易把握释放气团的感觉，使力量更为集中，事半功倍。"

"我猜也是。"

"鬼劲的基本原理也不过如此。"

"……"

"然而，这招也有若干缺陷。"

"哦？"

"首先便是出招太慢。"

"……"

"要想释放强大的气，就必须在体内做好准备。从蓄气到射出，总归需要一定的时间。一旦射出，气的速度必然快于拳头，奈何前期准备过于费时。按我现在的状态，再快也得耗上一秒……不，要将近两秒。想必你也清楚，战场上的一秒是何等宝贵。"

"嗯。"

龙王院弘点了点头。

若无法瞬时出招，哪怕耗时不过短短的一秒，也必然会在此期间被对方击倒。毕竟，出拳只需半秒不到。

"若要用与出拳速度相同的速度射出气团，力道便微乎其微，无异于身上停了一只苍蝇。"

寒月翁沉默片刻，望向龙王院弘。

"你还年轻，说不定能用比我更快的速度射出气团，可再快也快不过你自己的拳脚。不过……兴许你可以用快如出拳的速度，射出与拳头一样有力，甚至是更强大的气。但机会恐怕只有一次。最多两次。而且在出招后的一段时间里，你的动作将不再敏捷。因为这招需要调动全身的力气，将大量强烈的气挤出肉体。若是没能一击即中，或被对方干净利落地接了下来，承受下一波攻击的必然是你。到时候，你就输定了。用出拳一般的速度射出强大气团所带来的疲劳感，怕是要比击出寻常的一拳强烈几十倍。毕竟，你要用纯粹的气，实现与拳头同等的攻击效果——"

"嗯……"

"据我猜测，所谓鬼劲，就是一种用快如出拳的速度自如操控强大的气，并能使射出的气中途拐弯，自对手意想不到的方向打击对手的招式。难度之高，超乎想象——"

"但某些人确实有这个本事。"

"嗯。至少，那个红丸是有的——"

"这鬼劲……要如何破解？"

"呜——"寒月翁沉吟道，"有三条路可走。"

"哦？"

"其一，不接招。提前察觉对方要使出鬼劲，及时闪避。"

"其二呢？"

"其二……就是以同等或更强大的气，完全接下——"

"其三呢？"

"那便是抹去自己体内的气——这与屏蔽自身的存在感是两个概念。你不光要抹去存在感，还要一并消灭活人的肉体自然而然拥有的气。将这种气压制住，不向外界释放它，倒也不是难事，彻底抹去它却难于登天——"

"……"

"人之气，易受自身意志的影响。在那样的生死关头，怕是连'击败对方'的念头都不能有。"

"嗯——"

龙王院弘点了点头。

却一头雾水，似懂非懂。

他又摇了摇头，抬起头来。

望向寒月翁。

"十五年前的事情总算搞清楚了。可这些年……你是怎么过来的？"

他问道。

寒月翁转移目光，望向龙王院弘，头则纹丝不动。

"前五年是一边治疗腹部的伤口，一边琢磨——"

寒月翁说道。

"琢磨？琢磨什么？"

"琢磨如何向久我沼家的人和红丸复仇，如何才能把红丸引来此地——"

"引出红丸？"

"只有和中央政坛的关系够硬的人，才能请到红丸。"

"嚯……"

"都是从饭家那儿打听来的。久我沼家的人在这一带只手遮天，却也无法直接联系上红丸。他们只能托中央那边的人带话，等红丸主动联系——"

"那你是怎么把红丸叫来的？"

"叫他来的不是我，而是久我沼家的人。我需要做的，就是对久我沼家下咒。而且得是寻常半仙与祈祷师无法摆平的诅咒——"

"你觉得如此一来，他们就一定会把红丸请来？"

"红丸确实来了。"

"你下的诅咒，就是那条狗？"

"不错，"寒月翁话音凝重，"我一面疗伤，一面带着黑伏和小茂颠沛流离。升云有意收留我们，可我毕竟是害死他妹妹的凶手，不能再拖累他了。那五年里，我没有告诉他自己身在何处，只是每年单方面联系或拜访他几次。谁知到了第五年……"

言及此处，寒月翁忽然沉默。

"怎么了？"

"小松升云死了。"

"死了？"

"准确地说，他是被人害死的。也是出自红丸之手——"

"什么？"

"我听说的时候，升云已经出事了。"

"……"

"当时我有一阵子没去他家了。一去却见到了多代，听她讲述了事情的来龙去脉——"

"多代？"

"刚才我和红丸对话的时候，你不是都听见了？多代就是小松升云的女儿。"

"五年后……那岂不是十年前，黑伏大坝建成的那一年？"

"正是。我没想到，升云却想到了。"

"想到什么了？"

"待到大坝建成之时，红丸定再次现身——"

"嚯……"

"升云本想与我通个气，却没能联系上我，只得在大坝的竣工宴当天独自潜入久我沼家——"

"然后就——"

"第二天，他的尸体便出现在了大坝湖面。"

"他杀?"

"就是红丸干的，"寒月翁幽幽道，"直到五天后，我才从多代那里听说此事——"

声音里夹杂着凝重的叹息。

"后来的十年呢?"

"这十年来，我一直在积蓄实力，以施展强大的诅咒。"

"我刚才也问过，你下的咒，就是那条狗?"

"不错。"

"怎么弄出来的?"

"那就是黑伏。"

"什么?!"

"我用黑伏行了蛊毒之法。"

"蛊毒?!"

"你懂?"

"略知皮毛。"

龙王院弘如此回答。

——蛊毒。

蛊毒，是与阴阳道一同传入日本的咒法。

"厌魅"是一种借助稻草人偶施行的诅咒，俗称"丑时参拜"。

蛊毒，则是与之匹敌的诅咒之术。

先找来一批生性阴邪的活物，如蜘蛛、蛇、猫……然后将它们关进同一个罐子或笼子。

就此搁置不管。

要不了多久，容器中的活物便会开始互相残杀。诅咒所使用的，便是活到最后的那一个。

饥饿的活物以饥饿的同类为食。饥饿感在此过程中不断壮大，凝聚于最后的幸存者。

如此一来，诅咒之力便会强大到令人难以置信的地步。

"我将一大群狗集中到一起……"寒月翁说道，"总共八十八条。在山上建了一个大笼子，把那八十八条狗都关了进去。黑伏就是其中之一……"

"黑伏也在里头？"

"嗯。黑伏也是我们的一员。但它年岁已高，绝不可能活到我的咒法大功告成的那一日。所以我才让它成了那八十八条狗中的一条。"

"……"

"我本以为黑伏会被别的狗吃掉，活不到最后。即便如此，黑伏的血肉也会与最后的幸存者相融。我本想以这种方式，与黑伏一起，向红丸发起挑战——"

寒月翁闭上眼睛，仿佛在回忆那些日子。

"三个月后，幸存者终于决出。而那条狗，竟然就是黑伏……"

"于是你就用了黑伏？"

"嗯。"

"怎么用的？"

"我将幸存的黑伏埋到土里，只留头在外面——"

"什么？"

"让它继续挨饿。到了三天后的月圆之夜，我再将在别处杀死的狗的生肉，放在它眼前的地上……"

寒月翁依然闭着眼睛，语气平静。

火星爆裂的响声，时不时与他的声音重叠。

"黑伏发疯似的号叫。因为它太想吃肉了……"

"……"

"直到那时，我才让小茂见到黑伏。"

"什么?!"

"之前我一直骗小茂，说黑伏不见了。因为小茂和黑伏一直亲如兄弟。与其说是黑伏亲近他，倒不如说是他亲近黑伏。无论走到哪里，小茂睡觉时都紧挨着黑伏，而不是我。一看到只有头露在外面的黑伏，小茂就对我大发脾气，流着泪，嚷嚷着让我把黑伏挖出来——"

"五岁的小茂竟然——"

"是啊……"

言及此处，寒月翁终于睁开双眼。

他望向熟睡的小茂，眼里满是疼惜。

"还记得小茂哭着捡起地上的生肉，想喂给黑伏吃。我就是在那一刻——"

寒月翁忽然收声。

"怎么了？"

"——我就是在那一刻，用斧头砍下了黑伏的头。而且是当着小茂的面。"

寒月翁如此说道。

洞内一片死寂。

"为什么要做那种事？"

"为了制造黑伏的式神，并让那式神附身于小茂。"

字字泣血。

"呜……"

"通常情况下，制造式神只需直接砍下狗头。然而，这种水平的式神不足以与红丸抗衡。所以我才想出了那样的法子。"

"……"

"瞧瞧你身边的小茂。"

寒月翁说道。

龙王院弘抬眼望去。

"他看着像几岁？"

寒月翁问道。

"也就十岁出头的样子。"

龙王院弘如实回答。

"可他明明已经——"

"他应该已经十五岁了吧？"

"对。你猜这是为什么？"

"为什么？"

"为什么本该十五岁的小茂，看起来像个十岁出头的孩子？你可知其中的原因？"

寒月翁问道。

龙王院弘没有回答，静候寒月翁解惑。

"那是因为，黑伏在小茂体内啃噬他的精气。"

"什么?!"

"黑伏啃噬着小茂的精气，在他体内生长壮大。所以小茂的发育速度才会变得迟缓——"

寒月翁如此说道。

"小茂的脑海中，已没有了当时的记忆。对他而言，那一幕实在是太过震撼。所以他下意识地拒绝记住那些事——"

语气中，不带丝毫抑扬顿挫。

——原来是这样。

龙王院弘暗自嘀咕。

"难怪……难怪那个时候，它散发出了如此饥饿的气场。"

"那个时候"，就是他第一次看到黑伏蹿过久我沼家院墙的时候。

就是在那一刻，暗藏于龙王院弘肉体深处的灵魂层面的饥渴，与黑伏全身散发出的饥饿感形成了妖异的呼应。

龙王院弘打量着仍在沉睡的小茂。

小茂呼吸平稳。

真是个命运多舛的孩子。

睡梦中的小茂，用右手握着什么东西。

是鸡肉。

那晚吃的正是烤鸡。

小茂将自己那份烤鸡啃掉一半，剩下的一半却塞进了裤兜。

龙王院弘看得清清楚楚。

吃饭时留下半份食物，塞进口袋，是小茂一直都有的习惯。

小茂似乎是在睡梦中下意识地把口袋里的鸡肉掏了出来。

龙王院弘将目光从小茂身上移回到寒月翁身上。

"至于做到这个地步吗？"

龙王院弘问道。

寒月翁闭口不答。

保持沉默。

"嗯？"

龙王院弘眼眸一闪时，寒月翁已收起气场，将目光投向洞外。

龙王院弘很清楚这意味着什么。

有什么东西，正从黑暗中的某处悄然逼近。

气场透明似雪。

——来了。

刚硬的气，在龙王院弘体内奔腾而过。

第八章 雪夜

闇狩り師

小茂在哀号。咬牙切齿。
雪花落在裸露的牙上。紧咬的牙关骤然大开。

1

来人的动静止于洞外。

不再移动。

"来了几个？"

寒月翁说道。

"恐怕不是一两个。"

龙王院弘说道。

他望向寒月翁。

"四五个？"

寒月翁仍坐在原处，低声嘟囔。

"还得算上红丸。"

"那就是五六个吧？"

龙王院弘缓缓吸气，又徐徐呼出。

在呼吸之间，审视身体的状态。

肌肉因寒冷变得僵硬。

如果红丸也来了，还刻意隐匿了自身的气场，那就得往数出来的人数上再加一个了。

所以龙王院弘起初说的是"四五个"，后来却改成了"五六个"。

他慢慢揉捏身体，放松肌肉。从肩膀到手臂，再到腰腿，用双手一路按过去。

能动。

"动得了……"他心想。

然而内心深处，仍有一抹焦虑。

不，那不是焦虑。

而是恐惧。

龙王院弘意识到，自己的身体正在微微发颤。

仿佛是为了无视这种颤抖，他问寒月翁道："这东西呢？"

龙王院弘的右手，还握着寒月翁先前递来的短刀。

"你收着吧。"

寒月翁说道。

"合适吗？"

"无妨。"

"好。"

龙王院弘缓缓起身。

将短刀插在背后的裤腰带处。

插在外套内侧。

如此一来，旁人便看不出他在身上藏了那样的一件武器。

"我先出去……"

寒月翁说道。

"他们搞不好有枪。"

"所以是我先出去。"

"……"

"小茂就拜托你了。"

"小茂？"

"我去对付他们。开战以后，你就带着小茂一起逃吧。"

"……"

"你若嫌他碍手碍脚，完全可以随时抛下他，只管自己逃命。"

说着，寒月翁站起身来。

慢慢走到沉睡的小茂跟前。

"小茂……"

他喃喃道。

弯下腰，抱起小茂。

"醒醒。"

寒月翁说道。

"黑伏……"

小茂轻声细语。

攥着寒月翁的手。

寒月翁也紧紧地拥他入怀。

这一刻看似漫长，却又仿佛转瞬即逝。

寒月翁臂弯中的小茂睁开了眼睛。

他看着寒月翁和龙王院弘，问道："怎么了？"

声音还带着困意。

"去找黑伏吧。"

寒月翁说道。

"真的吗？"

"嗯。"

"爷爷也一起去吗？"

小茂的声音逐渐清明。

"爷爷不去。"

"你跟我走。"

龙王院弘说道。

寒月翁放下怀中的小茂。

小茂用左手握住龙王院弘的手。

手指细弱而冰凉。

刚才攥在小茂手里的鸡肉，又被塞回了小茂的口袋。

"走吧……"

小茂说道。

他的身体发育止于十岁左右，智力恐怕只有五六岁的水平。说得更准确些，他的精神似有部分缺失。

寒月翁注视着小茂，眼中尽是哀伤。

"还没到时候。"

寒月翁对小茂说道。

"那爷爷什么时候去啊？"

"爷爷先出去办点事，等会儿就轮到你了。明白了吗？"

"哦。"

小茂捏着龙王院弘的指尖，手指略略用力。

"女人……"

寒月翁将目光投向洞穴深处的千绘。

"随我来……"

只给了她寥寥数字。

千绘微微摇头，一脸的不情愿。

"会被打死的……外面的人不是有枪吗？"

"大概有吧。"

"大晚上的，怎么看得清谁是谁啊？"

"所以你才要与我一起出去。"

"我不去——"

"就算有人开枪，十有八九也打不中。毕竟是晚上。"

"我不去！"

"由不得你。"

寒月翁说道。

他握住了千绘的左手手腕。

千绘挣扎片刻，但很快就不动了。

似是寒月翁用力按住了她身上的某处穴位。

寒月翁望向龙王院弘。

"走了。"

寒月翁撂下这两个字，迈开步子。

他让千绘走在前面，他自己漫不经心地走向洞外。

眼看着两人消失在龙王院弘的视野中。

就在这时——

"别开枪，是我！"

千绘的喊声与枪声几乎同时响起。

"住手！"

千绘的叫声再次传来。

沙。

沙。

沙。

踏雪的脚步声瞬间远去，越来越轻，最后彻底消失。

看来，子弹并没有打中寒月翁和千绘。

紧接着，是男人的惨叫。

还有枪声。

一场恶战，已在洞外的森林中拉开帷幕。

"咱们去找黑伏。"

龙王院弘说道。

他背起小茂。

因为这样走得更快。

小茂的身子轻得出奇。

龙王院弘在洞口停顿片刻，探察洞外的情形，随即大幅横跳，冲了出去。

发足狂奔。

没有枪声传来。

白雪纷飞。

轻盈的雪花，拂过龙王院弘的发丝与脸颊。

积雪已足以掩埋鞋底。

积雪微亮，视野内的清晰程度堪比处于月夜。

没跑多久，龙王院弘便发现了一个倒在雪中的男人，却视若无睹，从那人身边跑过。

森林下方尽是白雪。

不一会儿，龙王院弘便察觉到了异样。

有人从后方追了过来。

沙……

沙……

沙……

踏雪之音紧咬不放，方向精准无比。

好快。

那声音越来越近了。

虽说龙王院弘背着小茂，但那人终究脚力过人。能在这片夜幕下的森林里跟上龙王院弘的人，怕是寥寥无几。

红丸?!

惊恐横扫后背，汗毛几乎倒竖。

龙王院弘咬紧牙关。

咬牙跑着。

追兵的存在感愈发近了。

追比逃容易。

因为追兵有雪地上的脚印可循。

"要是就我一个——"

龙王院弘心想。

他若是孤身一人，大可跳到树上，掩盖踪迹。

从一棵树跳去另一棵树，迷惑追兵，倒也不是难事。

然而——

前提是，他得抛下小茂。

"啧。"

龙王院弘不禁咂嘴。

怎么就抛不下背上的小茂呢？

换作以前，他早已将这孩子弃之不顾。

即便他在寒月翁家暂住了几日，受了人家的恩惠。

即便他答应过寒月翁，会负起责任照顾小茂。

更何况，寒月翁把小茂交给他的时候明确说过，要是嫌这孩子碍手碍脚，大可抛下小茂自己逃命。

为何不抛下他，逃之夭夭？

后槽牙嘎吱作响。

龙王院弘停下脚步，放下了背上的小茂。

他们停在一棵格外粗的榉树跟前。

树根处也积了雪。

他让小茂站在粗壮树干的后面。

"别乱跑啊，等一会儿就好……"

龙王院弘说。

"不去找黑伏了吗？"

"我得先去办点事情，办完了就去找黑伏。所以你乖乖在这儿等着，我忙完了就回来。"

"哦。"

小茂略收苍白的下巴，点了点头。

龙王院弘立于雪中。

将双手插进夹克的口袋。

手已凉透。

得先找回点感觉，哪怕只有一点点也好。

白气自龙王院弘的红唇吐出。白色的雪花在那团气中飘舞。

一。

二。

三。

他还没来得及多呼吸几次，追兵便现身了。

龙王院弘不躲不藏。

他就站在那里，将双手随意插兜，默默看着追兵到来的方向。

也没有刻意屏蔽自己的气场。

他能感觉到，追兵放慢了速度。

因为对方发现，龙王院弘就站在那里。

一见到那追兵，龙王院弘险些惊呼出声。

足见对方是何等诡异。

那感觉，恰似冰凉的刀尖触到了裸露的背脊。

"那是人吗?!"

龙王院弘心想。

既像人，又不像人。

对方用两条腿立定。

却怎么看都不像人。

因为人只有头发，而不会全身长黑毛。而那个追兵全身上下都长着黑毛。

猴子?

猩猩?

不对。

胳膊和腿的长度比例明明与人无异。

腰部却向前弯曲，角度诡异。

仿佛一个浑身长满兽毛的人，将身体扭曲成了这样。

在龙王院弘看来，无论"它"是不是人，有一点毋庸置疑——性别为女。

虽然全身被兽毛覆盖，但胸部的隆起依然可辨。

透过垂在额上的兽毛，一双射出强光的眼睛盯着龙王院弘。

"多代……"

龙王院弘喃喃自语，下意识报出"它"的名字。

毫无疑问，那正是面目全非的多代。

"煞！"

多代呼出野兽般的气。

嘴唇翻起，露出白色的犬齿。

红舌在口腔深处蠕动。

——返兽之术。

龙王院弘想起了寒月翁提过的那个术法。

这就是寒月翁说的返兽之术。

"多代，是我。"

龙王院弘说道。

然而，他的声音似乎并未传到多代耳中。

"呼咻噜噜噜……"

多代嚅动嘴唇，行动起来。

毫无预兆。

多代在雪地上疾驰，直冲龙王院弘而去。

龙王院弘大幅横跳。

咔嚓！

多代的牙齿咬合声在空中响动。

正是片刻前，龙王院弘的喉咙所在的位置。

多代以双手撑在雪地上。

摆出四肢着地的姿势。

就在这时，龙王院弘闻到了一股淡淡的血腥味。

抬眼望去，只见多代撑地的左手周围，有颜色发黑的污渍在白雪之上逐渐洇开。

分明是血。

血本应是红色，奈何夜晚昏暗，看着发黑。

眼看着那摊血慢慢扩散。

正是从红丸用针戳的伤口流出的。

"多代，你受伤了……"

龙王院弘话音刚落，多代再次行动起来。

说时迟那时快，她以四肢着地的姿势原地起跳，扑向龙王院弘。

这是何等骇人的弹跳力。

多代的身体，就这样飞到了与龙王院弘的脸一般高的位置。

这一回，她用了手指。

用手指戳向龙王院弘的眼睛。

不，与其说是"戳"，倒不如说是"用爪子挠"。

龙王院弘在半空中抓住了她的手。

她的另一只手，仍朝龙王院弘的眼睛攻来。

而那只手，也在半途被龙王院弘抓住。

"呜——"

刚抓住多代的双手，龙王院弘便惊呼起来。

因为他看见多代的指甲已被尽数撬开，伤处还沾着血。

肯定是红丸干的！

"多代！"

龙王院弘喊出声时，多代已抬膝攻来。

龙王院弘用自己的膝盖接下这一击。

紧接着，多代伸长脖子，试图用牙咬住龙王院弘的脖子。

龙王院弘以肘部撞她的脸。

与她拉开距离。

她却立刻向他跃去。

这次的目标是腿。

直冲龙王院弘的腿。

她想咬住他的腿。

龙王院弘横扫右脚，踢中了她的太阳穴。

力度相当大。

多代却没有退缩。

普通人挨了这一脚，怕是已当场昏厥。

不过，普通人也没本事赤身裸体立于雪地。

在双方交手的过程中，点点血迹如花瓣一般散落在雪上。

照理说，一个人若以这样的速度失血，要不了多久就会动弹不得。不仅如此，还会因失血过多一命呜呼。

然而，多代的动作至今不见丝毫迟缓。

为什么非要和多代打得你死我活不可？

多代被一次次击倒，却还是一次次向他袭来。

除非抱着杀意下狠手，否则她怕是不会罢手。

×。

龙王院弘咬牙切齿。

怎么办？

就在这时——

"哥哥，还没好吗？"

声音传来。

是小茂的声音。

小茂已从树后走了出来。

一见到小茂，多代便冲了过去。

"啧！"

龙王院弘踏雪狂奔，冲向朝小茂扑去的多代。

"呵！"

强烈的呼气从龙王院弘的唇间吐出。

龙王院弘的脚，自正下方命中了多代的下巴。

升龙脚……

多代的头大幅向后仰。

身体随之扭动。

就在这时，龙王院弘看到了。

多代的后颈——后脑勺处，有什么东西在闪。

正是在兽毛深处若隐若现的针尾。

总共三根针。

"——那便是要害？"

龙王院弘心想。

他冲向向后仰的多代。

用指甲钩住针尾，一鼓作气将针拔了出来。

一根——

多代的动作明显放缓。

机会来了。

龙王院弘一面格挡多代的攻击，一面绕到她身后。

左右开弓，接连拔出两根针来。

针刚离体，多代便停了下来。

呆立于原地。

她就这么站着，盯着龙王院弘，神情茫然。

"多代——"

龙王院弘唤道。

"阿……阿弘……"

多代注视着龙王院弘说道。

四目相对。

多代露出对一切了然的表情，似乎已经明白自己身上发生了什么。

她的神情是如此哀伤，叫人不忍直视。

她透过脸上的兽毛，看了看龙王院弘，还有站在一旁的小茂。

眸中的光，正在飞速消散。

"……"

多代嘴唇微动。

龙王院弘却听不清她说了什么。

但他看得清清楚楚。

看到清澈的泪水，溢出多代的眼眶。

雪花落在多代和龙王院弘身上，一片又一片。

多代伸出手来。

不见指甲的手指，向龙王院弘伸来。

就在龙王院弘握住那只手时，多代眸中的光彻底消散。

整个人瘫倒在雪地上。

"多代！"

龙王院弘喊道。

倒下的多代，不再动弹。

比针更尖锐、扎人更疼的东西，贯穿了龙王院弘的心脏。

"多代……"

龙王院弘喃喃道。

从天而降的雪花，落在站在雪地上的龙王院弘和小茂身上，也落在多代身上，无休无止。

有一团炽热的东西，在龙王院弘体内缓缓膨胀。

既非憎恶，亦非愤怒，而是黏稠的力量。

"黑伏在哪儿啊？"

小茂细声低语。

2

雪落无声，龙王院弘呆立于雪上。

一个女人，倒在他的脚下。

一丝不挂。

全身却为兽毛所覆。

那人正是多代。

鲜红的血泊，在多代身下的白色雪地不断扩散。

这一幕借着雪地反射的微光，映入龙王院弘的眼帘。

放眼望去并无光源，积雪的森林底部却被微弱的白光填满。

雪花穿过光秃秃的树枝，不断飘落。自暗天落下的雪，一片又一片覆上多代的身体。

多代已没有了足以融雪的体温。

龙王院弘俯视倒下的多代。直到此刻，他才发现——多代遍体鳞伤。

兽毛间露出的肌肤，布满了骇人的抓痕。

一如他之前所见，她的双手指尖都已不成原样，许是被人用蛮力撬了指甲。

乌黑的怒火和仇恨，在龙王院弘的体内油然而生。

此刻已然凉透的这具身子，曾带着温度缠着他，让他要了自己。

他做梦也没想到，自己竟会与多代殊死搏斗。

片刻前的多代，宛若野兽。

她发出野兽的嘶吼，攻向龙王院弘。

是谁把她变成了这样？

"一定是他。"

龙王院弘心想。

"一定是他——红丸。"

多代是个苦命的女人。

一个男孩孤零零地站在一旁，低头看着她。

男孩正是小茂。

小茂面无表情，平静得叫人毛骨悚然。

只是俯视着女人的尸骸。

在龙王院弘体内生出的东西并未消失。

那团东西似乎正积聚在他的肉体深处，体积慢慢增加。

对龙王院弘而言，这是一种前所未有的感觉。

不是为了自己，而是为了他人。既非愤怒，又非仇恨，更像某种莫名其妙的东西。龙王院弘难以名状。

他只得凝神感受着那团第一次出现在他心头的黏稠的力量，看着它缓缓壮大。

一片片纯白的雪花，附上龙王院弘的头发。

龙王院弘将目光从多代身上移开，转向小茂。

"走吧……"

他低声说道。

牵起男孩的手。

迈开步子。

小茂乖乖被他牵着，紧随其后。

一诺千金。

唯有这个孩子，非救不可。

男孩的手，冷若冰霜。

"——这可不是我的行事风格。"

龙王院弘边走边想。

这些年来，他总是极力避免与他人产生牵扯。

从不会白白为他人做任何事。

准确地说，他并没有做出任何承诺。

当时他曾向寒月翁明确表示："我最在乎的就是自己。"

就算他抛下小茂，自己逃下山去，谁又有资格说三道四？

龙王院弘看不懂此刻的自己。

简直不可思议。

自己想干什么？

他甚至没有意识到，他并未往山下去，而是走上了回头路。

他心想："寒月翁怎么样了？"

寒月翁应该正在与红丸搏斗。

寒月翁的对手又岂止红丸？

红丸肯定还带了人手。

森林底部形成了松软的雪坡。

龙王院弘迈步走过雪坡。

雪一片一片落在他的皮夹克上。

小茂明明只穿了中裤，却没喊过一声冷。只是他的手凉若寒冰。

森林由榉树组成。

往回走了一会儿，龙王院弘便停了下来。

因为他看到了前方的人影。

只见一棵巨大的榉树耸立在他面前。

而那个人，就站在榉树下方。

那人似乎正靠着树干。

是个身材矮小的男人。

那人的身影，在灰白的暗夜中依稀可见。

白发映入眼帘。

"寒月翁……"

龙王院弘喃喃自语。

那人确实是寒月翁。

但寒月翁的情形不太对劲。

他应该也看到了龙王院弘的身影，却没有丝毫反应。

纹丝不动。

"站着别动。"

龙王院弘松开小茂的手，穿过雪地，缓缓走向寒月翁。

身后的小茂却跟了上来，无视了龙王院弘的嘱咐。

两人停在寒月翁跟前。

白发上，积了一层更白的雪。

寒月翁目眦尽裂。

视线却没在任何一处聚焦。

"呜——"

龙王院弘惊呼道。

因为他分明看见，一根尖利的长针，深深刺入寒月翁的喉头。

金属的尖端怕是已经贯穿了寒月翁的喉咙，扎进了他身后的树干。

就在这时，冰凉的战栗席卷了龙王院弘的背脊。

仿佛有一根尖利的冰针，沿着他的脊柱插到体内。

他压低重心，回头望去。

闪着光的金属近在眼前。

"啧。"

他用右手持的针将其拨开。

正是从多代的后脑勺拔出的针。

叮！

清脆的金属声响起，一根细长的金属悄无声息地插上雪地。

是针。

与插在寒月翁喉头的一模一样。

就在针即将扎入眼球的时候，龙王院弘及时将其击落。

"呵……

"呵……

"呵……"

低沉的笑声，自幽暗中回荡开来。

"红丸！"

龙王院弘低声道。

红丸走出龙王院弘后方的树林，穿着一件长及脚踝的大衣。

黑色大衣的每一颗纽扣，都被规规矩矩地扣好，从上到下，一颗不落。

"我们又见面了——"

红丸说道。

"是你杀了寒月翁？"

"他可真不好对付。"

红丸停了下来。

直面龙王院弘。

"交出那个孩子吧。"

"孩子？！"

"哦，说他是'孩子'好像是有些不妥，毕竟他实际上……应该有十五岁了——"

"嗯？"

"那个孩子，是十五年前出生的三胞胎之一，与我们颇有渊源。只要处理掉他，我们与黑伏家的恩怨便能彻底画上句号——"

"那孩子我不能交给你。"

龙王院弘轻轻呼出一口气，如此回答。

"嚯……"

红丸的声音也一样轻，毫不逊色于他。

"为什么？"

"因为我答应过人家。"

龙王院弘回答道。

话出口后，龙王院弘的第一反应却是"我到底在说什么啊"。

　　体内的某处似有人在低语，让他撂下这个孩子，独自逃跑。

　　那个人喃喃细语，说"那才是你本来的面目"。

　　能破解红丸的鬼劲吗？

　　如果破解不了，自己就绝无胜算。

　　这笔账，他还算得清。

　　若是独自逃命，也许还能勉强躲过这个男人的追捕。

　　但龙王院弘岿然不动。

　　"找死吗？"

　　某种无形之物仿佛一小团不住闪烁的蓝色火焰，将红丸的内部填满。

　　龙王院弘的脚，在雪中微微后退。

　　"你在发抖。"

　　红丸微笑着说道。

　　"还不是冻出来的。"

　　龙王院弘回答。

　　小茂站在寒月翁跟前，用一双毫无感情色彩的眼睛盯着他看，也不知有没有听懂那两人的对话。

　　异动突如其来。

　　来自红丸的双手。

　　只见红丸向龙王院弘推出双掌。

　　龙王院弘仿佛被弹开一般，跳向一侧。

　　轰！

　　伴随着一声巨响，强压在龙王院弘身侧炸开。

　　——鬼劲。

然而，红丸的目标并非龙王院弘。

他是冲着小茂去的。

只见小茂的身体在冲击之下斜飞上高空。

随即以头朝下的姿势坠落。

落在寒月翁靠着的那棵榉树凸起的根部。

闷声传来。

"小茂！"

龙王院弘喊道。

但他动弹不得。

一旦做其他动作，分散了注意力，等待着他的就是来自红丸的针刺或鬼劲攻击。

小茂一动不动。

眼看着树根与周围的积雪渐渐被染红。

"小茂！"

就在龙王院弘大喊的时候，小茂微微一动。

爬了起来。

额头淌着鲜血。

"嚯……竟然还活着……"

红丸喃喃自语。

小茂动了几下，又站回到寒月翁跟前。

继续盯着寒月翁。

哪怕从额头流下的血进了眼睛，他也没有闭眼。就这么盯着寒月翁，眼睛不眨一下。

更多的血流了出来，渗入小茂半张的嘴唇。

小茂的嘴唇终于微微一动，好似发寒战。

"爷爷……"

小茂用沙哑的声音喃喃道。

"姑且先打倒你再说吧——"

红丸说道。

嘎吱。

龙王院弘的肌肉一阵响动。

被红丸柔情似水的眼眸锁定时，他的身体险些颤抖起来。

不，不是"险些"。他是真的在微微发抖。

他心想："我居然在发抖？我龙王院弘，竟被吓得瑟瑟发抖？"

红丸的双手，悄然滑入大衣口袋。

就这么看不见了。

他是不是在口袋里握住了什么东西？

"无妨。"

龙王院弘心想。

发抖也无妨。

没逃就行。

龙王院弘略略压低重心。

用意识感受身体的各个部分。

他感觉不到自己的脚趾的存在。

因为他走在雪中，穿的却是普通的鞋子，而非专用的防寒鞋。

其他部分呢？

能动。

拳头冰凉，但冰凉的感觉仍在。

那便没有大碍。

"你应该能给我解解闷。"

红丸说道。

只见他踩着雪，走向龙王院弘，动作漫不经心。

来了。

龙王院弘轻轻呼吸。

口干舌燥。

仿佛有一簇幽蓝的火，摇曳着缠上他的全身。

眼看着落上红丸黑大衣的雪花星星点点，越来越多。

"且慢。"

就在这时，侧面的榉树林中忽然响起一个浑厚的声音。

龙王院弘听着耳熟。

只见硕大的肉体矗立于林中，仿佛要将树木之间的空隙填满。

乍看还以为是赫然现身的巨型棕熊。

但那并不是棕熊。

而是一个肉体厚重如山的男人。

红丸停了下来。

那男人带着如山峦般的量感，缓缓踏雪而来。

肉体厚重如山，动作却不失轻盈，堪比大型猫科掠食者。

量感如山的男人走到与红丸和龙王院弘距离相同的位置，停了下来。

站在两人眼前的，正是九十九乱梾。

他随意套了一条牛仔裤，如木桶般的上半身穿着 T 恤。

T 恤外面披着皮夹克。

气温已降至零下三摄氏度。

乱奘的身躯却饱含热气，视周遭的寒气为无物。

似有热气自那具肉体股股升起，融于夜气。

乱奘同样将双手插在夹克的口袋里。

"今晚可真冷啊。"

乱奘说道。

微笑浮上厚唇，露出狂野的牙齿。

他将目光平均分配给红丸和龙王院弘。

"原来是你——"

红丸说道。

"我是不是搅和了一场好戏？"

"怎么又回来了？"

"我本可以老老实实在东京待着，可惜有人偏要招惹我。"

"嚯……"

"而且我想起来，自己在这儿还有个约会——"

"……"

"我是开车来的。沿着山下的森林公路开去久我沼家的时候，我看见一辆眼熟的车停在路边，而且恰好有个人坐在驾驶座上，一副百无聊赖的样子。于是我就找他打听了一下——"

乱奘说道。

坐在乱奘左肩上的沙门打量着飘落的雪花，显得兴味索然。

"他透露了不少消息给我。"

"比如？"

"比如我离开久我沼家时遇到的那个女人被你们糟蹋成了什么样子。又比如，你们来这里做什么。他还把车钥匙给了我。

243

哦，对了，他还说津川带回了佐一郎的老婆，换了一辆车开回了久我沼的宅子？"

"津川这人很是能干，办事也利落……"说着，红丸望向乱葖，"敢问你有何贵干？"

"我就是想来凑个热闹，瞧瞧你们在干什么，于是便过来了。"

"呵呵……"

"这地方倒是好找得很。因为雪地上还留着脚印呢——"

"原来如此。"

红丸说道。

"多代呢？"

乱葖问道。

"多代已经死了。"

答话的是龙王院弘。

"什么?!"

乱葖嘴唇一僵。

"呵，她果然还是死了啊——"

"她被你们折磨得面目全非。全身长满兽毛，遍体鳞伤，指甲一片不剩。"

龙王院弘用不带抑扬顿挫的声音喃喃道。

"还不是因为她有非同一般的耐力——"

红丸微笑道。

"你是用了外法？"

乱葖沉声道。

他没将心中的怒气表现出来，声音自然多了几分狠劲。

"你应该是知道的——我用了'返兽之术'。"

红丸仍面带微笑。

"她在与我搏斗时瘫倒在地，就这么咽了气——"

龙王院弘说道。

微笑已从乱奘唇边消失不见。

"我能想象出，她经历了什么。"

乱奘冷声说道。

乱奘将目光转向寒月翁。

寒月翁投来的视线却那样空洞。

"惨绝人寰……"

乱奘的浓眉微微皱起。

"你想怎样？"

红丸问乱奘。

"我这人很少掺和别人家的闲事，除非事关雇主的委托，但这次的情况有些特殊。"

"呵……"

红丸眼中燃起一簇幽蓝的火焰。

"我的女朋友好像在你们那儿受了不少罪，还有个女人因为我的干扰没能逃走，最后丢了性命。所以很抱歉，我打定主意要掺和这件事了。只不过是以私人的身份。"

"'抱歉'？"红丸缓缓吐出这两个字，"言下之意，你要与我为敌？"

"好像是这样，没错。"

乱奘嘟囔道。

在那一刹那，红丸的双手已然动作起来。

只见他举起双手，手掌正对着乱燹。

"哼！"

乱燹抽出放在衣兜中的手，合掌于面前，压低重心。

似热气团的高压之物，自乱燹巨大的身躯迸发。

红丸将片刻前还插在兜里的双手推向乱燹。

攻击却从正上方而来。

拥有高压怪力的东西，自头顶砸向乱燹。

两股高压之气激烈碰撞，在空中炸裂。龙王院弘在视觉层面也捕捉到了这一幕，将其转译为"瞬间爆发的白光"。

常人用肉眼本不可能看到。

龙王院弘却能将其转化为视觉图像。

沙门自乱燹肩头滚落。

"嚯……"

红丸轻声赞叹。

"鬼劲？"乱燹说道，"我听说过，但亲身体验还是头一遭。没想到还有这么个赠品一并飞了过来。"

只见乱燹相合于面前的手掌之间，分明夹着一根长针。

尖锐的针尖戳出双掌，直冲乱燹的脸。

原来是红丸在施展鬼劲的同时，抛出了那根针。

而乱燹在自己面前抓住了针，同时接下了红丸的鬼劲。

乱燹用右手握针，放下了手。

"这招可真厉害，"乱燹说道，"我能感觉到，有一团强烈的气正从某处向我袭来，却完全无法判断它来自何处。真没想到，它会从正上方来——"

于是，乱燹便让体内积蓄的气自全身迸发。如此一来，无论攻击来自何方，都能稳稳接下。

"FEEE……"

雪地上的沙门仰望乱篜，叫了一声，显得很是不爽。

它竖起爪子，蹿上乱篜的身体，重归乱篜左肩这个老位置。

——呜。

龙王院弘将无声的惊呼咽回喉咙深处。

乱篜若是没有现身，接下刚才那招的本该是他。

"换作我……"

龙王院弘心想。

"换作我，能否躲过？"

如果攻击仅限于"针"与"鬼劲"中的一种，他可能还应付得了。可若是同时袭来——

即使他能躲过其中一种，也有可能被另一种命中。

战栗席卷龙王院弘的背脊。

好厉害。

他心想："这人太厉害了。"

世上竟有身手如此了得的人。

换作他——

龙王院弘不由得想。

无论是化作幻兽的大凤吼，还是久鬼，他也许都能赤手空拳与他们打得不分上下。

人的肉体，竟蕴藏着如此强大的潜能——

龙王院弘在颤抖。

却不知颤抖的原因。

他只知道，此刻的颤抖与先前有着不同的属性。

"我从久和听问那儿听说了不少内情。"

乱奘保持以右手持针的姿势，如此说道。

"他说什么了？"

红丸问道。

"整件事的来龙去脉——"

"嚯……"

"事关十五年前的大坝工程。就在昨天，当年的工地主任饭冢出车祸死了。这是久我沼家的人下的手吧？他们还一并派人袭击了四处打听那些事的久和听问——"

"哦。"

"我本想找饭冢打听打听，问清楚大坝建设期间究竟发生了什么。我们在调查中发现，当年工地上死过一个身份不详的工人。还记得……那人好像叫秋山征次。我本以为，饭冢知道那人是什么来历——"

乱奘语气平静。

"那个人的情况，我倒是略知一二，"龙王院弘开口道，"他是寒月翁的儿子。当年他跑去工地，要求他们停工，结果被人害死在那儿了。"

"原来是这样。饭冢是知情人，于是你们就塞了点钱给他，封住了他的嘴——"

乱奘望向红丸。

"久我沼家的人当年为了不让他多嘴，不仅给了钱，还帮他开了家店。奈何有人四处打探，搞得久我沼家的人突然慌了神。"

"饭冢还知道什么？"

"这个嘛——"

红丸微微勾起红唇。

"肯定是人柱的事情。"

龙王院弘说道。

"人柱?! 建设大坝时果真有人被献祭了?"

"被用作祭品的，就是寒月翁的孙子。"

"什么?! "

"寒月翁的儿媳是修验僧小松升云的妹妹，名叫法江。当年她跑去久我沼家，想替死去的丈夫讨回公道，却在那里遭到了羊太郎和佐一郎的侵犯。当时她怀了身孕，预产期将至。由于受了刺激，她在大宅院子里的榆树下生下了三胞胎。一个是死胎，另一个是肤色黝黑的婴儿。被用作祭品的就是那个肤色黝黑的婴儿……"

"还有一个呢? "

乱菱问道。

"在那儿呢。"

作答的却是红丸。

红丸将目光投向小茂。

小茂站在雪地上，盯着寒月翁，姿势与方才一毫不差。

发丝上已积了一层薄薄的雪。

泪水溢出他的眼眶。

"那孩子看起来才十岁出头。如果他就是当年的三胞胎之一，那应该已经十五岁了。"

"这恐怕是因为——寒月翁对他做了某种手脚。"

"什么手脚? "

"这个嘛……"

红丸说道。

"黑伏家养了一条叫黑伏的狗，寒月翁让它附在了小茂身上。"

龙王院弘说道。

沉默片刻。

"这也太狠了，"乱荚说道，"孩子的母亲法江呢？"

"和多代一样，被那个红丸施了返兽之术。"

"什么?!"

"寒月翁告诉我，当年化作野兽的法江和红丸一起找了过来。红丸似乎给法江下了某种指示，让她去攻击寒月翁。法江奉命行事。寒月翁无奈之下，只能以指弹了结了她。"

"指弹？"

乱荚问道。

"没错。就是寒月翁时不时用手指弹射的那种小铁球。"

"呵。

"呵。

"呵。"

红丸笑了。

"连这些都被你们知道了，那我可就没辙了。"

"久我沼家族跟你都完蛋了。"

"这可不一定。"

"哦？此话怎讲？"

乱荚问道。

"因为……知道这件事的人非常少。"

"嚯……"

"而且此时此刻，所有知情人已齐聚于此处……"

红丸的眼眸，含着妖异的蓝色火焰。

"你还真敢想啊——"

某种压力强劲的东西，在乱葵体内嘎吱作响，蓄势待发。

"要不先送你见阎王？"

红丸说道。

"呵呵。"

乱葵平静地转身正对红丸，略略压低重心。

"慢着——"龙王院弘却开口喊住了他，"我先来的。"

他向乱葵投去强劲的目光。

"呵……"

就在红丸面露微笑的刹那。

"喊……"

声音传来。

又高又细。

只见小茂站在雪中，支起喉咙，怒视天际。

刚才的声音，就出自他的嘴。

此刻的小茂已然翻了白眼。

泪水夺眶而出。

"喊……"

小茂在哀号。

咬牙切齿。

雪花落在裸露的牙上。

紧咬的牙关骤然大开。

"呜——"

乱奘惊呼。

眼看着某种黑色的东西，正要钻出小茂的嘴。

野兽的鼻子。

野兽的下颚。

是狗。

小茂的嘴被撑开到极限，随时都有可能被撑裂。

下巴已降至令人难以置信的位置。

下颚关节似乎已经脱臼。

那个身形如狗的东西一出来便猛然长大。

原本盘踞在小茂体内的东西，爬出他的嘴。

轮廓似狗，散发着不祥的气息。

头部出来了。

那条"狗"的牙齿咬得直响。

"咻……"

它还呼出一口气。

它明明不是有血有肉的实体，牙齿碰撞与呼气的声音却都传到了在场之人的耳中。

皆因即将现身之物过于真实，以至人耳听到了本不存在的声响。

不，那些声响有着更真实的质感。

与其说它是一团瘴气，倒不如说它是狗的魂魄本身，更为接近实体。

超出了幻听的范畴。

"原来如此——"乱奘说道，"寒月翁让狗灵寄居于小茂体内，使其日渐壮大……这狗灵日日吸食小茂的精气，才拥有了这般强大的力量。难怪小茂发育得如此迟缓。"

乱葵话音刚落。

"寒月翁真是手段了得。我本以为，那条狗不过是寒月翁以蛊毒之法打造的一种式神，没想到他竟让狗灵附身于自己的孙儿，让它吸食孙儿的精气，使它的力量提升至如此地步……"

红丸说道。

狗头一出来，之后的部分钻出的速度快得惊人。

"啧。"

乱葵走向小茂。

红丸将左手一挥。

射出一道银光。

就在银光即将抵达小茂的头部时。

叮！

脆响传来，在半空中飞行的针落在了雪地上。

原来是乱葵用右手持的针击落了破空而来的针。

此时此刻，狗灵已完全钻出小茂的嘴。

身形巨大，通体乌黑。

与小牛一般大。

狗灵在雪地上悠然走了几步，突然抬头仰望着天。

对着天，发出摄人心魄的号叫。

"嗷呜！"

那是盛满仇恨的吼声，仿佛能从深处撼动人心。

不带只言片语。

却洋溢着美，简直能将人的魂魄冻成幽蓝的冰。

"嗷呜！"

叫声升入天际，徐徐消散。

狗灵低下了头。

扫视在场的众人。

眼中燃着妖火。

忽然，狗灵——黑伏发足狂奔。

疾如幽鬼。

黑伏一路远去，雪地上却不见一个脚印。

眼看着它冲向了久我沼家的宅院所在的方位。

"呜……"

发声的是红丸。

"它是去附身的。狗灵是打算再次附身于羊太郎。"

乱奘说道。

就在这时。

一直站着的小茂忽然抽搐了几下，倒在了雪地上。

"小茂——"

龙王院弘朝他冲去时，红丸已然大幅向后跃。

"失陪。"

话音刚落，红丸便在雪地上疾驰起来。

去往黑伏消失的方向。

乱奘和龙王院弘都没有追他。

龙王院弘抱起小茂。

小茂已陷入昏睡状态。

"哦？"

就在这时，乱奘忽地发声。

他的目光，投向一旁的榉树树干。

贯穿喉咙的针，将寒月翁钉在了那棵树上。

"看。"

乱丧说道。

只见那双如洞穴般大睁的眼睛，竟有清莹的泪水溢出。

"寒月翁——"

龙王院弘惊呼。

"你竟然还活着，寒月翁?！"

乱丧走到他身边。

寒月翁嘴唇微动，仿佛在颤抖一般。

"追上……红丸，带我去……久我沼……的宅子……"

寒月翁流着泪喃喃道，嗓音宛如干燥的风。

第九章　梦翁

闇狩り師

黑伏伸出红舌，舔了舔溢到寒月翁嘴唇上的血。
就在这时，寒月翁猛然张嘴。

1

久我沼羊太郎突然原地跪下，俯身叩首。

"求你了。"

身下是冰凉的泥地。

他却用额头去蹭地。

然后以头抢地，狠之又狠。

一遍又一遍。

骇人的闷声回荡在仓房中。

"好不好，佐一郎……"

他抬起头来。

额头上，沾着仿佛用血和过的泥。

"让我来吧。"

他哀求道。

说完便又以额蹭地。

这是何等诡谲的景象。

父亲向亲儿子下跪。

还央求儿子，让自己先侵犯眼前的女人。

"我就快死了！让我最后再快活一把吧！"

声音悲痛至极。

按住露木圭子的两个人显得不知所措。

"还不快把老爷子关起来——"

佐一郎吩咐道。

两人却没有立即行动。

因为他们难以抉择，不知该优先服从谁的命令。

"为什么？"羊太郎说道，"为什么要把我关起来？我是你爹啊！当爹的都跪下来求你了！"

他再次激烈叩首。

比方才更狠。不难看出，他用了相当大的力气。血管与筋，一根根浮上他瘦弱的脖子。

他扬起血淋淋的脸，看着圭子。

"哎嘿嘿！"

他怪叫道。

又将黏稠的目光转向佐一郎。

佐一郎不由自主地后退半步。

"带他走！"

佐一郎厉声下令。

按住圭子右臂的人松了手，走向羊太郎。

试图抓住羊太郎的肩膀。

说时迟那时快，羊太郎沿地面横向爬行起来，宛若巨型蜘蛛。

动作快得惊人。

"你要把亲爹关进笼子？"

羊太郎以四肢撑地的姿势抬头，怒视佐一郎。

将牙齿咬得咯咯直响。

眼角吊起。

角度极其诡异。

双眉之间挤出一道深纹。

"噫？"

惧色闪过佐一郎的脸庞。

"难道？！"

他脸上仿佛写着这两个字。

"你们几个！快抓住他！"

佐一郎说道。

另一个人也松开了圭子的胳膊。

两人一左一右，逼向羊太郎。

"叽叽叽叽——"

羊太郎哀号着，咬牙切齿。

忽然，他以四肢撑地的姿势撒起了尿。

上前的两人都吃了一惊，原地僵住。

"啊嘻！"

羊太郎姿势不变，垂直跃起。

顺势挂在了天花板的横梁上。

继续排尿。

"抓住他！"

佐一郎吼道。

但吼声出口时，羊太郎已不在梁上了。

而是攻向了片刻前还抓着圭子右臂的人。

"犬……犬神？！"

佐一郎的惊呼与手下的惨叫一齐响起。

高亢的惨叫迅速变得低微。

因为羊太郎狠狠咬住了那人的喉咙。

筋肉撕裂的声响阵阵传来。

好一张骇人的面孔。

随即咬上同一处。

那人已不再惨叫。

"刺溜。

"刺溜。"

无人敢动。

他们唯一能做的，就是盯着羊太郎。

羊太郎再次抬头，那张满是血污的脸已生异变。

脸上的血迹中，分明有黑色的小虫蠢动不止。而且小虫的数量正在迅速增加。

不，那不是虫子。

而是兽毛。

羊太郎将缠满血丝的牙咬得咔咔作响，咧嘴一笑。

"爸！"

佐一郎的声音几近惨叫。

羊太郎的鼻子已然变形。

下巴连同鼻子，向前凸出。

狗……

他的脸，正在向狗脸靠拢。

羊太郎一松手，那个手下的身体便倒在了自己的血泊中。

"啊哇啊！！！"

另一个手下喊了起来。

冲向仍敞开着的出口。

奈何羊太郎的速度更快。

一眨眼的工夫，便挡住了那人的去路。

"噫！！！"

手下发出声嘶力竭的痛呼。捂着被伤到的眼睛，满地打滚。

"佐一郎——"

羊太郎开口说道。

房中尽是刺鼻的血腥味。

浓得令人作呕。

佐一郎的膝盖瑟瑟发抖。

羊太郎向佐一郎的方向迈出一步。

"好，好吧。那个女人就送给你了，随你处置！"

佐一郎好不容易才挤出这么两句话。

额头挂着汗珠。

羊太郎的目光移向圭子。

圭子背靠着墙，用双手捂住险些哀号的嘴，拼命压制尖叫的冲动。

羊太郎走向圭子。

圭子动弹不得。

只觉得自己一动，就会瘫倒在地。

羊太郎背对着佐一郎。

佐一郎趁机采取行动。

冲向羊太郎。

只听见"砰"的一声，佐一郎与羊太郎激烈碰撞。

佐一郎被弹开。

倒在地上。

只见羊太郎背上长出一个阴森可怖的玩意。

分明是刀。

是刀柄。

原来，佐一郎在撞击羊太郎的同时，将那把刀插入了羊太郎的背脊。

羊太郎回头望向佐一郎。

"好痛啊……"

他嘟囔道。

"你竟敢把这种东西插上你亲爹的背……"

他如此说道。

话未落，人先动。

"噫!!!"

佐一郎尖叫起来。

冲向出口。

羊太郎扑向他的后背。

犬齿变长的齿列，猛然扎入佐一郎的后颈。

"啊呃呃……"

佐一郎停了下来。

右手摸向后颈。

摸到了某种硬物。

正是人骨。

然而，佐一郎似乎没意识到那硬物究竟是什么。

他大概以为有什么古怪的硬物附上了自己的脖子，还试图用手指去抠。

用手指在硬物上抠了两三下后，佐一郎忽然翻了白眼。

瘫倒在地。

倒下的身子抽搐数次。

很快便不再动弹。

"嘻嘻嘻！"

羊太郎笑了。

笑着将脸转向圭子。

圭子仍然喊不出声。

因为尖叫声太大，声音硬生生卡在了嗓子眼。

她动不了。

羊太郎用那条长长的红舌，舔去嘴唇与鼻子之间的血，向圭子的方向缓缓迈出一步。

圭子却动不了。

尖叫传来。

却并非出自圭子之口。

叫声来自库房门口。

"唧嘎？"

羊太郎回头望去。

只见门口站着一男一女。

正是津川和千绘。

尖叫的人是千绘。

千绘沐浴着仓房横梁上挂着的灯泡散发的亮光，尖叫不止。

羊太郎疾驰而来。

"呜？"

津川迅速摆出迎战姿态。

他站在千绘身前，稍稍压低重心。

化作兽人的羊太郎冲了过来。

津川抬脚一踢，狠顶扑来的羊太郎。

这一脚干净利落。

却落了空。

羊太郎已然跃到空中。

只见他跃过仓房的入口——津川头顶的狭小空间。

顺势扑向仍在尖叫的千绘。

"呜!!"

津川闪身一动。

转过身来。

再踢一脚。

这一脚的冲击，震落了佐一郎刚插上羊太郎后背的刀。

伤口溢出的鲜血少得可怜。

羊太郎挨了一脚，却抓住千绘的肩膀。

津川自他背后攻来。

自后方猛踹他胯下。这一脚，踢中了羊太郎的裆底。

然而，这样还不够。

"千……绘……"

羊太郎仍抱着千绘。

"啧。"

津川自后方伸手钩住羊太郎的脖子。

发力勒紧。

眼看着羊太郎的脖子被扭到了奇怪的角度。

他终于松开了千绘。

"咯……"

羊太郎的喉咙发出怪响

"来人！拿枪来!!"

津川吼道。

宅邸内部总算响起了人员跑动的脚步声。

各处亮了灯。

院中的积雪浮现在黑暗中，雪白一片。

津川咬紧牙关。

似乎用了相当大的力气。

羊太郎猛然弓背。

津川被羊太郎背了起来，双脚离地。即便如此，津川仍未松开勒着羊太郎脖子的手。

这一幕，库房中的圭子看得清清楚楚。

灯泡的光亮，落在高大的津川和羊太郎身上。

而在他们身后，雪花片片飘落，无休无止。

弓着背的羊太郎，将右手伸向自己胯下。

那只手穿过自己的裤裆，进一步向后伸去。

津川脸色一变。

因为羊太郎隔着裤子的布料，抓住了他的要害。

羊太郎咬着牙，微微一笑。

"咕哈!!! "

津川叫出了声。

津川松了手。

捂住裤裆。

眼看着他的手染上殷红，胯下涌出大量鲜血，滴落在白雪之上。

羊太郎从背后勒住津川的脖子。

"啊唧!!!"

津川叫了一声。

仅此而已。

他再也说不出话了。

他的脖子，已然弯成阴森可怖的角度。

不难看出，津川正在竭力抵挡弯折自己脖子的那股力量。

他左右开弓，以手肘痛击身后的羊太郎。

一连五次。

津川用肘部击打羊太郎五次之多。

正要击打第六次时。

咻!

津川的鼻子喷出大量鲜血。

仓房中的圭子和雪地上的千绘，都将这一幕看在眼里。

津川的头，在羊太郎的臂弯中猛然一歪。

脆响传来。

那是一种令人不快的声响。

津川的脖子，已与肩膀平行。

鲜血自津川紧咬的牙关缓缓溢出。

津川的脖子仍被羊太郎勒着，身体则抽搐起来。

仿佛跳起了某种奇怪的舞蹈。

即便如此，津川仍试图踹身后的羊太郎。

奈何腿脚颤动不止，不听使唤。

片刻后，津川便结束了最后一舞，不再动弹。

羊太郎就此松手。

津川的身体立时瘫倒，身下的积雪呈冰沙状，一层红雪。

羊太郎看向千绘。

"千……绘……"

就在羊太郎抱起雪地上的千绘时，枪声骤然响起。

羊太郎的左耳应声炸飞。

他抱着千绘，转过身来。

眼前站着四个男人。

一人持枪。

那人将枪口对准羊太郎，身子不住发抖。

千绘尚未脱险，他却开了第二枪。

没打中。

羊太郎将怀中的千绘扔进仓房。

关上房门。

缓缓转向那群人。

此时，对面已增至七人。

羊太郎的脸上，浮现出骇人的笑容。

"啊唧咿咿咿!!!"

他大吼。同时发足狂奔。

一场屠杀，就此拉开帷幕。

2

圭子和千绘，在昏暗的仓房中紧紧相依。

她们本想逃跑，门却死活打不开。

要么是羊太郎关门时过于用力，以致门板被什么东西卡住了，要么就是他动了手脚，故意使门无法被打开。

从头到尾，枪声总共响了三次。

除此之外，传到两人耳中的还有在雪地上跑动的脚步声、男人们的惨叫和肉体相撞的声响。

还有人在门外不远处苦苦呻吟。

圭子和千绘能做的，就是找东西顶住沉重的橡木门，不让外面的人拉开门。

她们没找到合适的棍子，便用了木桌。

桌上仍沾着多代的血。

千绘蜷缩在圭子怀中，呆若木鸡。

圭子抱着千绘，紧绷耳朵与神经，使其如玻璃碎片般尖锐。

两人几乎一言不发。

也不知过了多久——

响动已然停歇。

声音已然消散。

最先察觉到的是圭子。

"来了……"

圭子低声说道。

圭子怀中的千绘，身子猛地一颤。

就在这时——

门突然响了。

有人试图开门。

然而，门板只是稍向侧面移了几分。

开门的动作重复数次。

声响戛然而止。

只见一双眼睛透过狭窄的门缝，瞪着仓房内部。

蜡黄而混浊。

眼睛消失不见。

说时迟那时快，一股强大的力量猛烈撞击门板。

坚固的橡木门明显向内弯曲。

但门板并未脱落。

撞击同样重复数次。

随即重归寂静。

动静就此消失。

怎么回事？

焦虑在圭子的心中蠢动。

时间一分一秒过去。

圭子在心中默念乱奘的名字。

要是有他在——

问题是，就算乱丧在场，他真奈何得了羊太郎吗？

要是有乱丧坐镇，她却还是丢了性命，那她也认了。要是连他都挡不住羊太郎，护不住她，那换谁来都不行。

她唯一确定的便是这一点。

怀中的千绘浑身一僵。

圭子望向千绘。

千绘的眼睛却盯着上面。

"你……你看……"

千绘的声音发抖，轻如耳语。

圭子顺着她的视线望去。

高处有一扇窗。

那是一扇采光窗，紧挨着天花板。

羊太郎的脸就在窗口，上下颠倒。

他正趴在屋顶上，探出身子，透过那扇窗窥视仓房内的情形。

湿漉漉的东西，自他垂下的发丝滴落。

分明是血。

羊太郎猛然张开鲜红的嘴。

冷笑无声。

灯泡光亮下的那一幕，仿佛出自炼狱。

"千……绘……"

羊太郎说道。

千绘站了起来，高声尖叫。

羊太郎把头伸进窗口，毫不费力地钻了进来。

立于高处的房梁上。

圭子也站起身，牵起尖叫不止的千绘。

"快跑！"

千绘却一动不动。

圭子撂下千绘，冲向门口。

她搬开桌子，试图开门。

可门还是打不开。

"噫咿咿咿咿！！！"

千绘的尖叫传来。

圭子望向身后。

只见千绘落到了羊太郎手中。

千绘在他怀中不住挣扎。

羊太郎身上被溅到的血，染在了千绘的衣服上。

千绘的丈夫佐一郎的尸体，就在他们脚下。

佐一郎仰面朝天，睁着眼睛，面部扭曲，仿佛在哭。

圭子简直要疯了。

她心想："干脆疯了倒好。"

疯了就解脱了。

她是真的快疯了。

有什么东西卡在喉咙里。

那是她刚才便想释放，却迟迟没能释放的惨叫。

要是能喊出来……

她只觉得，自己若能尽情喊上一嗓子，怕是会当场癫狂。

她会在喊出声的那一刹那，从这种恐惧中解脱出来。

尖叫逼上喉头。

就在圭子觉得自己一秒都忍不下去的时候——

人声传到耳中。

"喂，你在里头吗？"

浑厚的声音。

来自门后。

叫人怀恋的男声。

唯有千绘仍在叫唤。

九十九先生——

圭子开口欲喊。

却没发出声来。

因为她感觉自己一喊，声音就会直接变成尖叫。

她只得狠狠砸门。

用尽全身力气。

"躲着点。"

乱笑的声音传来。

什么意思？

圭子不明所以，继续砸门。

"别砸了，退后！"

乱笑说道。

圭子总算反应过来。

闪到一边。

说时迟那时快，门板被整个掀飞，仿佛被炸开了似的。

庞大的身躯随门板滚入仓房。

令她魂牵梦萦的彪形大汉，就站在圭子眼前。

用一双饱含柔情的眼眸看着她。

来人正是九十九乱笑。

"抱歉，我来晚了。"

乱奘说道。

圭子全身一颤。

险些原地瘫倒。

乱奘及时伸出粗壮的胳膊，搂住腿软的圭子。

圭子被山的量感笼罩。

置身于温柔而宏大的力量之中。

圭子总算能出声了。

却并非惨叫。

惨叫化成了剧烈的呜咽，溢出圭子的嘴唇，流向乱奘厚实的胸膛。

她能听见乱奘的心跳。

沙门缓缓步入仓房，蹿上乱奘的背脊，回到左肩的老位置。

用金绿色的眸子打量羊太郎与千绘。

乱奘以温和的力量，将圭子推到一边。

羊太郎侵袭着千绘，同时将目光投向乱奘。

乱奘正要靠近他们，羊太郎却抱着千绘，骤然跃起。

羊太郎一只手抱着千绘，另一只手钩住房梁，顺势一个引体向上，站了上去。

突然，千绘的身体脱离了羊太郎的手。

自横梁坠落。

"呜。"

乱奘用双臂接住下落的千绘。

臂力惊人。

就在乱奘接住千绘的刹那，羊太郎自正上方发动突袭。

"嗷嗝!

"咻!"

气息自羊太郎与乱鬓口中迸发。

本应下坠的羊太郎,竟然浮上了半空。

乱鬓则抬脚攻向袭来的羊太郎。

丹纳工装靴的 Vibram 鞋底坚硬无双,自正下方命中了羊太郎的身体。

羊太郎终于落地。

却在落地的同时行动起来。

冲向墙边,以四肢蹿了上去。

重回梁上。

"嚯……"

乱鬓啧啧称奇。

没想到羊太郎挨了那样一击,却仍行动自如。

"呼煞——"

羊太郎在梁上龇牙咧嘴。

刺鼻的瘴气自上方涌来。

"呵呵。"

笑意浮上乱鬓的厚唇。

他放下千绘。

就在这时,羊太郎再次行动。

去往侧面。

只见他在空中横跳,用脚蹬仓房的墙壁,从侧面发动袭击。

乱鬓不躲不逃。

正面接下。

兽人与乱娑的身体相撞。

撞上之后，双方皆纹丝不动。

直面对方。

羊太郎抱着乱娑的头。

骨头在乱娑粗壮的脖子内部嘎吱作响。

乱娑则以双掌夹住羊太郎的头。

以右掌覆住羊太郎的左太阳穴，左掌覆住其右太阳穴。

羊太郎将牙关咬得咯咯直响，试图用牙咬住乱娑的喉咙。

然而，他的头动不了。

不难感觉到，两人的肉体都充满了骇人的力量。

周遭的空气，几乎要被他们散发的热气蒸发殆尽。

乱娑的双肩、手臂和胸部的肌肉已然隆起。

乱娑的身体震颤不止。

羊太郎向乱娑的脸喷出一股股带着呛人血腥味的气，其中还混杂着瘴气。

立于乱娑左肩的沙门打量着这一幕，眼神很是莫名其妙。

乱娑缓缓吸入大气，在自己体内凝气。

凝结的气，在乱娑体内逐渐膨胀。

气自肩膀流向壮实的双臂。

"哼！"

刹那间，乱娑的身体仿佛长大了一圈。

强烈的气团，自乱娑的双掌注入羊太郎的头部。

"哼……"

羊太郎绷直身体，宛若棍棒。

乱娑和羊太郎双双松手。

羊太郎仰面倒地，全身绵软无力，与人偶无异。

"呼……"

乱葵呼出一口粗气。

"这也太惨烈了……"

就在这时，声音从门口传来。

只见龙王院弘站在那里，让寒月翁靠在自己的肩膀上。

小茂孤零零站在一旁。

"院子与主屋都无人生还。"

龙王院弘说道。

寒月翁将身体从龙王院弘身上缓缓移开。

用自己的双腿站稳。

针仍插在寒月翁的喉咙上。

然而，也正是这根针令他苟延残喘至今。

因为针封住了伤口。

一旦拔针，血便会喷涌而出，灌入肺部，使寒月翁迅速休克而死。

寒月翁的面色已与亡者无异。

他此刻还活着，已堪称奇迹。

他看了看津川与佐一郎的尸体，又望向倒地不起的羊太郎。

津川的尸体上，已经蒙了一层白雪。

"久我沼家族终于覆灭了——"

寒月翁喃喃自语。

声音干涩，微弱如风。

"就剩红丸了……"

他的身子一阵摇晃。

龙王院弘伸手相扶。

"红丸呢？"

龙王院弘问道。

"还没见着他。"

乱葵话音刚落，小茂便轻唤一声。

"黑伏……"

小茂喃喃道。

众人的目光随之一动。

圭子紧紧抓住乱葵。

只见仰面躺倒的羊太郎口中，出现了一只狗头。

"嗯？"

转瞬，狗灵便从羊太郎嘴里爬了出来。

由于羊太郎已不省人事，他的嘴张得很小。

巨大的黑狗狗灵，便是从那张嘴中爬出来的。

不一会儿，狗灵的全身便展现在了众人眼前。

"黑伏！"

小茂按捺不住，正要冲向狗灵，却被乱葵按住。

黑伏站在那里，一双碧蓝的眼眸盯着面前的男孩。

乱葵怀中的小茂一边挣扎，一边将右手伸进口袋。

掏出了什么东西。

竟是一块凉透了的鸡肉。

"原来你没死呀，黑伏。"

男孩说道。

他伸长了瘦如枯枝的胳膊，将鸡肉举到黑伏面前。

"对不起呀，我什么都不知道……我不知道你被埋在地里，天天挨饿——"

他挣脱了乱裴的手。

"吃吧。"

男孩说道。

连他递过去的那块鸡肉，都落上了一片片雪花。

"呜……"

声音传来。

出自寒月翁的唇间。

泪水溢出他的眼眶。

他啜泣起来，声音好似一阵细弱的风声。

片刻后，啜泣被无声的恸哭所取代。

就在这时，羊太郎缓缓起身。

宛若幽鬼。

他仍处于半兽人的状态。

他用空洞的眼睛环视周围，然后缓缓走向雪中。

双足赤裸。

一丝不挂。

步态堪比跳舞。

"千……绘……"

他操着细弱的声音，对天唤道。

如风一般，飘然跑了起来。

在雪地上留下一串星星点点的脚印。

落雪很快便盖住了那些脚印。

置身冰天雪地，却无衣物蔽体。半兽人的状态一旦完全解除，他定会在几分钟内一命呜呼。

然而，无人上前阻拦羊太郎。

拦住他又怎样？反正他这条命也撑不到明天早上了。

黑伏的头动了动。

有人悄然立于它面前的黑暗中。

着黑色大衣。

肤白胜雪。

来人正是红丸。

"红丸……"

寒月翁说道。

"你竟然还活着。"

红丸的语气似有几分感叹。

"看来，一切似乎都结束了。"

红丸平静地说道。

"都结束了？"寒月翁细声道，"此言差矣。你我不是都还活着吗？"

"呵……"

红丸微微一笑。

黑伏忽然行动起来。

它轻盈地跃入空中，冲向红丸。

红丸将双掌向前推，用气接住黑伏。

黑伏瞬间消失，化作一团无形的黑色瘴气。

随即缓缓恢复犬形。

"黑伏！"

小茂大喊。

冲向黑色瘴气形成的雾霭。

红丸先行一步。

发足奔向小茂。

伸手将他抱起。

"呵……

"呵……

"呵……"

红丸笑了。

"若敢轻举妄动，小茂可就活不成了。"

红丸将右手放在小茂的喉头上。

红丸缓缓向后退。

后方停着一辆车。

正是津川送千绘回来时开的那辆车。

"站住——"

寒月翁说道。

红丸却充耳不闻。

他背手打开车门，然后用手指戳了戳小茂的后脑勺。小茂顿时便不再动弹。

"他没死。我只是让他睡着了，免得他大吵大闹。老实点，不然他这条小命就真的保不住了。"

他将小茂扔上副驾驶座，自己则坐上驾驶座，关上车门。

发动引擎。

车灯的强光，劈开苍白的暗夜。

车将雪花甩在身后，发动起来。

朝院门驶去。

轮胎已装备了防滑链。

出院门后向左拐，便是去镇上的路。

往右，则是通往黑伏大坝的森林公路。但右侧并无出路。

眼看着那辆车驶出院门。本该向左转，却猛向右拐。

开向了黑伏大坝的方向。

众人很快便明白了其中的原因。

原来有一辆车从镇子所在的方向驶来，正要开进久我沼家的院门。

红丸往右拐，就是为了避开那辆车。

急转弯令红丸那辆车的车尾一阵侧滑。

但红丸迅速稳住车身。

顺势开往黑伏大坝所在的方向。

乱粪冲到院门口，立定观望。

从镇上驶来的车停在了院门外不远处。

一个男人走下车来。

左臂缠着的绷带挂在肩头。

正是久和听问。

"听问！"

乱粪惊呼。

"总算赶来了。情况如何，九十九先生？"

"红丸就在刚被开出门的那辆车上。"乱粪说道。"追！"

乱粪的眼眸射出强光，直射向红丸消失的暗处。

3

　　雪中的森林公路。

　　四个驱动轮激烈啃噬着新鲜的积雪。

　　柴油发动机爆发出沉重的轰鸣，气势汹汹。

　　在雪中行进的陆地巡洋舰轮廓粗犷，直叫人联想到年迈的巨兽。

　　车灯照亮了雪地，车辙清晰可辨。

　　红丸驾驶的那辆车刚刚经过，留下了那些车辙。

　　黑伏沿车辙一路飞奔。

　　它是寒月翁创造的式神。

　　乍看之下，它奔跑的姿态与普通的狗并无不同，却没在雪地上留下一个脚印。

　　黑伏是一条巨大的黑狗。

　　眼眸射出蓝色的磷光。

　　乱奘驾驶着陆地巡洋舰紧随其后。

　　沙门蜷缩在乱奘的左肩，呼呼大睡。

　　副驾驶座上，坐着紧抿红唇，沉默不语的龙王院弘。

后排躺着寒月翁，露木圭子在一旁照看他。

陆地巡洋舰上只坐了他们四个人。

千绘留在了久我沼家。

乱奘本想把圭子也留下，圭子却死活不依，乱奘只得把她带上。

宅邸中可谓尸横遍野，而且个个死状惨烈。

圭子不想留下，也理所当然。

最终，乱奘决定把千绘留下，托久和听问照看她。

随着海拔的升高，积雪愈发深厚。

陆地巡洋舰开得绝不算快，但应该比先行一步的红丸的车略快一些。

毕竟对方的车是仅有后轮驱动的小车，陆地巡洋舰却是四轮驱动的车。在这般路况之下，后者更能大展神威。

而且，陆地巡洋舰的四个轮胎都装了防滑链。

"不过……"龙王院弘喃喃道，"前面就是大坝，再开一段路应该就到头了。"

他没有看乱奘，而是盯着前方，仿佛在自言自语。

乱奘没有回答。

所有人沉默不语。

"红丸这人如此厉害，就算一出门就迎面撞上了听问，也不至于特地逃上一条死路——"

"根据地图上的标志，对岸也有一条通往大坝的森林公路……"

乱奘嘟囔道。

"对岸？"

"似乎可以走到对岸。"

"怎么走?"

"从大坝顶上走。"

"可到了对岸以后呢?"

龙王院弘问道。

"换车……"

后排的寒月翁开了口。

"换车?"

"大坝两边……应该都随时备着车。"

声音依然干枯,好似细弱的风声。

"呵……"

"而且应该是这种类型的车——给管理大坝的人去更深处的森林公路时用的车。"

寒月翁的声音断断续续。

竖起耳朵才能勉强听清。

"他应该是打算走去对岸,再换那边的车逃跑。红丸这样的厉害角色,岂会被区区车钥匙难倒……"

"原来如此。"

乱笅低声回应。

——那就得奋起直追了。

许是乱笅的心思起了作用。

陆地巡洋舰进一步加速。

积雪愈发深厚。

仿佛整片天空都变成了落地的雪。

一路而来,溪流一直都在森林公路的左下方。就在这时,公路分成了左右两条。

右边那条公路沿大坝湖绕了半圈，左边那条公路则直接通往大坝。

两边都是死胡同。

车辙指向直通大坝的左路。

乱奘向左打方向盘。

再开一段路，应该就是位于大坝上方的停车场。

把车停在那里，便能走台阶下到大坝。

林中光秃秃的树枝已是银装素裹。

开了没多久，乱奘便感觉到身后的寒月翁起身了。

"停……"寒月翁说道，"停车——"

乱奘连忙踩刹车。

"那儿……那儿不是有一条往左去的下坡路吗？"

寒月翁伸手一指。

在他指着的地方，确实有一个往左去的缓坡。

"要去大坝……往左走应该会更快。"

寒月翁如此说道。

车辙却从左侧路口的前方穿过，往更前方去了。

"走左边这条路……就能赶在红丸之前抵达大坝——"

"那红丸为什么不走那条路？"

乱奘问道。

"因为有链条。"

寒月翁回答。

"链条？"

"半路上拉着链条，还上了锁。管理大坝的人要直接把车开上大坝，便会走那条路。"

“开上大坝？”

“嗯。能直接沿着大坝开去对岸。只是开不到对岸的森林公路罢了。”

“可路上有链条拦着，不就开不过去了吗？”

“这辆车应该可以。从链条旁边的林子里绕过去就行。”

寒月翁说道。

虽说双方的差距已有所拉近，但红丸应该还有三分钟左右的领先优势。

若无法进一步缩小差距，就意味着红丸将比他们早三分钟到达大坝的对岸。而红丸足以利用这三分钟发动停放在那里的车辆。

“好。”

乱篠一锤定音。

即使这条路比红丸选的那条路更近，若乱篠在此处犹豫不决，那结果又有何不同。

“我先下车了。”

龙王院弘说道。

话出口时，他已推开车门。

“你干什么去？”

“我沿着车辙追过去。你们抄近路先去，我从后方追击。如此一来，无论事态如何发展，红丸都无路可退。”

龙王院弘下了车。

“行。”

乱篠回话时，车门已然被关上。

车外的龙王院弘抬头看着驾驶座上的乱篠，将双手插入夹克的口袋。

一眨眼的工夫，片片白雪便落上了他的发丝。

片刻的四目相对。

乱桀默默换挡，发动座驾。

陆地巡洋舰如棕熊一般，潜入左侧的小路。

行经平缓的下坡路，在林中穿行。

树木自道路两旁逼来。

陆地巡洋舰的车顶，时不时弹开低矮的树枝。

开了一段路之后，乱桀停了车。

前方的链条映入眼帘。

链条上也积了雪。

将陆地巡洋舰开进左侧的树林，就能绕过拴着链条的金属杆。

问题是，杆子边上有一棵榉树。

要是这么开过去，陆地巡洋舰的左侧保险杠怕是要撞上树干。

"怎么了……"

寒月翁问道。

"照走不误。"

乱桀低声说道。

他发动了陆地巡洋舰。

径直冲向拦路的链条。

速度丝毫不减。

他将油门踩到底。

保险杠最先撞上链条。

金属声瞬间炸裂。

某处的金属被陆地巡洋舰造成的冲击硬生生扯断了。不是链条，就是锁的一部分。

乱奘踩着油门不放。

"哦……"

寒月翁发声时，车已驶出树林。

巨大的空间展现于眼前。

车灯的光芒，贯穿黑暗。

千万、千亿片雪花，将那巨大的暗黑空间填满。

大坝就在眼前。

然而，无论红丸身处何处，他应该已经有所察觉了。

察觉到有人追了上来，或是正要挡住他的去路。

如果红丸正要穿越大坝前往对岸，凭陆地巡洋舰的行驶速度也足以追上他。

前面就是大坝与此岸相接的地方。

陆地巡洋舰开到那里时，乱奘的视野中突然出现了无数龟裂的玻璃。

咔嚓。

挡风玻璃应声裂开。

细长的金属穿过裂缝，飞向乱奘的额头。

乱奘摆头避开。

只听见"扑哧"一声，针扎入乱奘的后脑勺片刻前挨着的靠垫。

乱奘向左猛打方向盘。

车已被开上大坝。

一上大坝，他便猛踩油门提速，然后打方向盘，踩刹车。

来了个飘移掉头。

陆地巡洋舰干净利落地转了半圈，车头灯的朝向掉转一百八十度。

乱奘将车停在了那个位置。

却没熄火。

车头灯仍然亮着。

乱奘用拳头捶打视野中龟裂的玻璃。

破碎的挡风玻璃落在积雪的引擎盖上，哗哗作响。

犀利的外界景象，随着寒气冲入乱奘的视野。

只见红丸抱着小茂，站在那里。

红丸的大衣与长发，都沾上了密密麻麻的雪花。

红丸勾起红唇，微微一笑。

他明明直面着车灯的光芒，却连眼睛都没眯一下。

乱奘翻起夹克的衣领，下车随意一站。

"哟。"

他跟红丸打了声招呼。

"你总能出乎我的意料——"

红丸说道。

"呵呵。"

微笑浮上乱奘的厚唇。

蜷着身子睡在他左肩上的沙门，也在此刻微微睁开眼睛。

雪花也落在了沙门的体毛上。

沙门盯着从天而降的雪，神情好似被人强行拽出欢快梦境的孩子。

"这回是寒月翁雇了你？"

红丸问道。

"不，"乱奘说道，"我是以私人身份来的。"

就在乱奘以厚唇微笑时，寒月翁走下了陆地巡洋舰。他扶着圭子的肩膀，站在乱奘身边。

黑伏则站在寒月翁脚下。

"哎呀，人都到齐了。"

红丸说道。

脚轻轻向后收。

"咦，原来还有一个——"

他如此嘀咕着，向后瞥了一眼。

只见一道人影现身于车灯的亮光融入黑暗之处，那人自红丸后方踏着雪缓步而来。

那人将双手插入夹克的口袋，默默走来，停在不远处。

正是龙王院弘。

"我之前说过的那句话，怕是得重复一遍了。"

红丸看向乱奘。

"哪句？"

"人都到齐了。"

红丸低语道。

"你要跟在场的所有人动手？"

"不，不是'所有人'。我只需要对付你，外加我身后那位——"

"真要跟我们动手？"

"如果你们不让路的话，那我就只能动手了。"

"呵呵。"

"只不过在那之前，我会先夺了小茂的性命。"

"……"

"不想害死他，就给我让开。"

"但杀无妨……"

寒月翁发话了。

声音好似随时都有可能消散的风声。

只能勉强听清他在说什么。

"呵……"

红丸将目光投向寒月翁。

"就算小茂能活下来，我也不觉得他会过上幸福快乐的日子。无论生死，都听天由命吧——"

寒月翁松开圭子的肩膀，立于雪地。

"抱歉，可否请几位不要插手？这本就是我与红丸之间的恩怨。必须让我们二人做个了断……"

他踉跄着迈步前行。

带着那根插在喉咙上的针。

"且慢。"

开口的是龙王院弘。

语气温和，恰似耳语。

"你有你的恩怨要了结，我也一样。"

龙王院弘轻轻呼出一口气。

语气越是温和，某种东西就越是在体内高涨。

"嚯……"

"我这人向来睚眦必报，绝不会放过任何一个企图夺我性命的人。从个人角度出发，我想先跟他算算之前没结清的那笔账。"

红丸将视线投向龙王院弘，微微一笑。

"谁先来？"

红丸转而望向乱奘。

此时此刻，红丸心中定是酝酿着难以名状的紧张，他却丝毫没有表露出来。

"我的账就排到最后吧。"

乱奘说道。

"那就从——"

红丸仍抱着小茂，缓缓移动目光。

"从我开始。"

在寒月翁回答的那一刹那，红丸抛出了怀中的小茂。

眼看着小茂在空中飞向寒月翁。

寒月翁接住了他，将他抱在胸前。

然后维持着抱小茂的姿势，仰面倒在了雪地上。

他的额头上，生出了一根纤细的金属。

正是红丸在抛出小茂的同时发射的针。

针在车头灯的照耀下闪闪发光。

"搞定一个……"

红丸细声低语。

乱奘与圭子走向寒月翁。

圭子从他怀中抱出仍在昏睡的小茂。

倒地的寒月翁闭上了眼睛。

从天而降的雪花，落上他的眼睑。

"寒月翁……"

乱奘喃喃道。

就在这时，寒月翁闭合的眼睑微微颤动，缓缓睁开。

"哦……"

乱奘低声惊呼。

龙王院弘却只是扫了一眼倒地的寒月翁，以及围着寒月翁的乱奘与圭子。

"看来轮到我了。"

他如此说道。

他缓缓踏着雪，绕去红丸的侧面。

在雪中与红丸面对面，停了下来。

龙王院弘背对着湖。

红丸背后，则是大坝的混凝土弧面。直降百余米后，便是地狱的深渊。

"多应景的雪啊。"

龙王院弘微笑道。

"是啊。"

红丸如此回答。

4

"乱……乱奘……"

寒月翁开口道。

雪花飘落在他张开的嘴上。而肺部此时此刻挤出的气，甚至无法微微撼动那轻盈的雪花。

"别……别杀我。让我……活下去。五分钟……不，三分钟便好……"

言及此处，寒月翁的眼睛骤然一缩。

眼眸失去了光亮。

"不好！"

乱奘将右掌置于寒月翁的心口，为他输气。

寒月翁的身子立时一抽。

光亮重归眼中。

"对不住……感激不尽……"

寒月翁的右掌，缓缓抬起。

朝着站在雪地上，用一双蓝眼打量着自己的黑伏。

"过来……"寒月翁说道，"到这边来，黑伏……"

黑伏应声而动。

靠近寒月翁。

"你想怎样？"

乱荑问道。

"让黑伏附身于我……"

寒月翁如此回答。

突然，他合上嘴唇。

嘴唇内传来"扑哧"一声。

鲜血自唇间渗出。

"呜！"

乱荑赶忙将手指塞进寒月翁的嘴，取出一小块血淋淋的肉。

那块肉，出自寒月翁的舌头。

圭子扭头不看。

"过来……"

寒月翁说道。

黑伏来到寒月翁的身边，盯着他的脸。

乱荑仍在通过输气，按摩寒月翁的心脏。

黑伏伸出红舌，舔了舔溢到寒月翁嘴唇上的血。

就在这时，寒月翁猛然张嘴。

黑伏的鼻尖，钻到他口中。

"九十九先生——"

圭子喊道。

"我有数。"

乱荑点了点头，继续输气。

黑伏从头开始，慢腾腾地……钻到寒月翁体内。

终章

闇狩り師

乱奘站在他身后，
将哭成泪人的男孩温柔地裹入自己的臂弯。

1

质地与玻璃无异的空气，紧绷于龙王院弘和红丸之间。那是一种一旦以手指触碰，便会在脆响中生出龟裂的紧张氛围。

在如此一触即发的氛围中，雪花自天际的黑暗无声飘落。

龙王院弘仍将双手插兜。

红丸的双手，也同样插在大衣口袋里。

照理说，双方都并非游刃有余。

这也许是避免双手因寒气而失去知觉的一种对策，但旁人无法通过任何一方的表情读出此举的真实意图。

也许是口袋里藏了什么东西，也许是想威胁对方——"我还留了后手"。

然而，旁人所能看到的，不过是两个男人在雪中对面而立的景象。

两人皆肤色白皙，容貌俊美。

说他们有几分相像，也并无不可。

忽然，龙王院弘动了。

只见他缓缓脱下夹克。

"尽管来吧。"

龙王院弘说道。

双方仍有距离。

红丸不在龙王院弘的攻击范围内。

然而,龙王院弘应该在红丸的攻击圈中。

因为红丸会用鬼劲。

红丸却按兵不动。

"不动手吗?"

龙王院弘展开皮夹克,将其挡在身前。

"哦,你想用那件夹克接下我的针啊——"

红丸微微一笑,如此说道。

缓缓抽出大衣口袋里的双手。

"问题是,你能躲过鬼劲吗?"

"不好说……"

龙王院弘说道。

"嚯……"

红丸嘟囔着,再次将双手插入大衣口袋。

两人怒目对视。

极度的紧张将他们笼罩。

细小的雪花接连飘落,填入两人之间。

四周几乎无风。

所有的声音,似乎都消失了。

突然,有人采取了行动。

是龙王院弘。

不,动的是他的皮夹克。

只见那夹克飘向一旁。

正是鬼劲所致。

红丸在身形未动的状态下，使出了鬼劲。

然而，当这波鬼劲到达龙王院弘原本站立的位置时，他却不见了踪影。

只留下龙王院弘的夹克。

而鬼劲，不过是将夹克轻轻掀飞到一旁而已。

鬼劲只有在撞击生物体时才能造成伤害。

只对拥有气的活物有效。

对没有生命的死物，几乎无影响。

即便是威力足以将活人炸飞的一击，若是碰上轻巧的死物，充其量是让它稍微摇晃两下而已。

龙王院弘的夹克之所以会在鬼劲的作用下移动，皆因它以皮革缝制而成。皮革出自生命体。即便生命体本身已死，残存于其上的气仍远胜无机物。

所以夹克才会被掀飞。

然而夹克被掀飞时，龙王院弘已不在原处。

而是置身于红丸头顶那片飘着雪花的虚空。

龙王院弘舞上半空，宛若飞鸟。

"煞！"

空中的龙王院弘向红丸的头部猛踹一脚。

"蠢货！！！"

红丸撂下这两个字，朝浮空的龙王院弘掷出一根针。

浮空状态下的人找不到辅助自己移动的支点，与立足地面时相比，更不容易躲避向自己投掷的凶器。

那根针直刺向龙王院弘踢向红丸的脚，贯穿了龙王院弘左脚的鞋底。

刺穿了鞋中的脚。

但龙王院弘的另一只脚随即锁定了红丸的头。

"双龙脚"——龙王院弘在半空中向红丸使出了这招。

可惜踹得不重。

红丸大幅飞向一旁。

一脸的难以置信。

龙王院弘立于雪地上。

抓住穿出左脚的针头，将针拔了出来。

此时此刻，红丸也已重新站稳。

"你是如何预测鬼劲袭来的方向与时间的？"

红丸问道。

"呵呵……"

龙王院弘笑道。

"因为它们会动。"

他如此回答。

"动？"

"我刚才不是还夸这雪很应景吗？在你即将使出鬼劲的时候，落在你周围的雪会受其影响，稍稍移动。于是我便能据此判断出鬼劲袭来的方向与时间。"

"哦……"

红丸说道。

"鬼劲这招已经没法再用了。接下来，将会是一场势均力敌的较量——"

龙王院弘勾起红唇，显得乐在其中。

"我不是只会鬼劲这一招。你却没法再用那只脚了——"

红丸也微微一笑。

"不试试，怎么知道它还能不能用呢？"

龙王院弘轻轻压低重心。

"咻……"

红丸微微噘嘴。

轻抬右脚，又"砰"的一声放下。

脚下骤然升起一股雪烟。

红丸的身影，消失在雪烟之中。

雪中有东西在闪。

是针。

可这一回，龙王院弘没有夹克可用。

他横跳闪避。

就在跳开的那一刻，不祥的预感自天灵盖贯穿背脊。

其实他早已料到。

红丸已跃到空中。

半空中的红丸，向龙王院弘射出针来。

"呜！"

龙王院弘倒地翻滚。

却有更多的针自头顶逼来，紧追不舍。

他竭尽全力，才勉强躲过那些针。

脚阵阵疼痛。

痛的正是先前被针刺穿的位置。

落地的红丸在雪地上疾驰，朝他追来。

"煞！"

龙王院弘将双手插入雪地，以左脚为支点，贴着地面横扫右腿。

"给我跳！"

他心想。

"跳上半空，躲开我的腿。"

红丸的反应，也确实如他所愿。

以跳跃躲过他的攻击。

机会来了。

"呼喀！"

龙王院弘立刻调整支点，换成右脚，抬起之前用作支点的左脚，自正下方踹向红丸的下巴。

龙王院弘的身体勾勒出优美的弧度。

左脚踹开雪花，垂直升天。

"逆升龙"——

这便是这一招的名字。

疼痛在支撑体重的右脚炸裂。

所幸成功命中红丸。

他的脚跟，击中了红丸的下巴。

欢喜横扫龙王院弘全身。

受右脚疼痛的影响，这一击应该没有造成足够大的伤害。

再来——

他又抬起了原本用于支撑身体的右脚。

"逆双龙"。

龙王院弘的右脚跟，本该扎入红丸的胯下。

却只划破了空气。

被他躲开了？

刚冒出这个念头，便有恐惧贯穿全身。

对方躲过了龙王院弘的必杀技，而龙王院弘则以几乎倒立的姿势，将毫无防备的腹部和胯下要害暴露在对方面前。

由于龙王院弘第一波使出的"逆升龙"命中红丸了，对方应该来不及攻击他胯下。红丸的目标，应该是他的腹部。

红丸的脚，应该会直冲他的腹部而来。

龙王院弘扭动身体，以左膝护住腹部。

来了。

强劲的一击，正中龙王院弘防御腹部的左膝。

他不以为意，反而借了这一脚的势头。

翻身站起。

起身时，红丸的脚尖直冲他的面部攻来。

快得惊人。

龙王院弘低头闪避。

背后有什么东西。

触感坚硬。

是什么来着？

龙王院弘一边逃跑，一边回想。

是刀。

是寒月翁给他的那把刀。

双方再次对面而立。

撇开操控气的技术不谈，红丸在体术方面也有非凡的造诣。

红丸看着龙王院弘，脸上的微笑甚至能用"温柔"二字形容。

唇角勾得更高了。

"我来了。"

那双红唇说道。

话虽如此，红丸却原地不动。

他就这么打量着龙王院弘，神情享受。

不难感觉到，有什么东西正在红丸体内徐徐上涨。

身体未动，却暗潮涌动。

红丸体内显然有什么东西在动，大有填满其肉体的势头。

嗯?!

龙王院弘想动。

却动不了。

无论前后左右。

因为他不知道红丸有何企图。

在红丸体内升起的东西逐渐涨大。

"糟糕……"

他心想。

他必须在那个东西填满红丸身体之前发动攻击。问题是，他应该发动怎样的攻击?

在那个东西逐渐填满红丸身体的同时，龙王院弘的身体也被某种情绪渐渐塞满。

正是恐惧。

不可抗拒的恐惧。

仿佛有一根细针自其肛门插入，徐徐深入至脊柱——

"必须行动起来。"

他如此告诉自己。

可他又觉得，自己行动后也许会逃之夭夭。

也许会爆发恐惧的尖叫。

不过他虽然害怕，却也产生了不可思议的欲求——想看看正要填满红丸身体的东西究竟是什么。

龙王院弘想到了死。

不能逃——对他而言，逃与死并无分别。在逃跑的那一刻，他仅存的自尊与骄傲都会连根消失。

逃了，又能去哪儿？

无处可去。

一旦逃跑，从逃跑那一刻起，你就踏上了终生的逃亡之旅。

与死何异？

一样要死，那么希求葬身于此处，便是成全自我的唯一途径。

为自己的骄傲殉道——这条路，他还是能走的。

即便它通往死亡。

龙王院弘如此想道。

话虽如此，身体仍不住地颤抖。

其实，他也许只是被恐惧定住了手脚。又好像在忍受一种即将袭来的滔天快感。

颤抖又何妨？

他虽在颤抖，却仍立于此地，直面红丸。

龙王院弘咬牙忍耐。

忍耐在自己内心不断壮大的恐惧。

在忍耐的作用下，恐惧的压力似乎不断增长，在他体内蓄势待发。

随着压力的升高，它似乎正要转化成恐惧之外的另一种东西。

至于那个东西具体是什么，龙王院弘不得而知。

在红丸体内逐渐升起的东西——他想看看那究竟是什么，红丸究竟想做什么。而这种欲望，似乎正在把恐惧的压力转化为另一种东西。

当压力升至极限时，自己的肉体会不会炸得四分五裂？

这种预感，让他起了一身的鸡皮疙瘩。

也许是因为紧张，也许是那种压力所致，龙王院弘几乎感觉不到寒冷。不，感觉不到寒冷，搞不好是因为寒冷麻痹了他的感官。

龙王院弘咬牙忍耐。

耐心等待。

确认插在背后腰带处的短刀带来的触感。

片刻后——

红丸动了。

横向移动。

朝着龙王院弘的右方。

在横向移动的同时，围着龙王院弘打转。

动作很是诡异。

好似舞蹈。

时而抬脚，时而撂下。

撂脚时，还要微微一扭。

右。

左。

右。

节奏逐渐加快。

每每撂脚，都有形似白烟的东西自红丸脚边升起。

正是飞扬的雪花。

飞扬的雪花数量逐渐增加。

嗯？

龙王院弘起疑心时，红丸的身体已开始隐入雪烟。

不知不觉中，龙王院弘已被雪烟笼罩。

鬼劲？

还是针？

搞不好是一起来。

如果同时遭遇这两种攻击——

焦虑涌动。

仿佛脊柱被压力上下夹击。

然而，龙王院弘仍然无法动弹。

"阿弘……"

不知为何，多代的面容忽然浮现在他的脑海中。临死时，她唤着他的名字，向他伸出手来。

嘴唇动了动，好像有话要说。

她当时想说什么？

她的眼眸凝视着他，盛满深深的哀伤。

就在这时——

攻击不期而至。

笼罩他的雪烟，忽地向内压缩。

幅度微小。

但龙王院弘很清楚那意味着什么。

——鬼劲。

高压的鬼劲自各个方向同时攻向龙王院弘。

唯一的生路在上方。

当鬼劲攻向位于中心的龙王院弘时，龙王院弘用尽全力，向上跃起。

脚刚离地，便有一股凛冽的寒气席卷他的背脊。

中计了。

红丸就是为了引他往上跳，才发动了那样的攻击。

想到这一层时，龙王院弘已跃向空中。

"炸裂了——"

他心想。

他的肉体终于炸裂。

在他浮上半空的那一刻，高速贯穿其肉体的东西的压力，终于超过了他肉体的极限。

他在半空中，拔出了背后的短刀。

悬空的龙王院弘看到了眼前的红丸。对方与他升上了同样的高度。

原来，红丸也在使出鬼劲的刹那一跃而起。

胜券在握的笑容，浮上红丸的嘴唇。

红丸的右手已然动作起来。

他用右手握着一根金属制成的长针。

尖利的针尖，正要高速飞向龙王院弘的左太阳穴。

恐惧，席卷全身。

刹那间，龙王院弘的脑海中一片空白。

炸裂。

仿佛自己的肉体在那一刻烟消云散，渣也不剩。

长久以来，封在体内的种种念想——饥渴、愤怒、恐惧、仇恨……

一切的一切，似乎都随着肉体四散消亡了。

多代的容颜消散了。

多代哀伤的眼眸亦然。

血肉与骨骼，乃至体内的每一个细胞，似乎都消失得无影无踪。

自我消失。

只剩下与雪一起飘浮在空中的东西。

那已不再是肉体。

亦非意识。

而是狂喜。

如结晶一般熠熠生辉。

狂喜滑出喉咙。

号叫爆发。

龙王院弘竭尽全力，对准红丸的笑脸，横扫用右手拔出的刀。

随即跌落在地。

肩膀着地。

左肩摔在雪地上。他顺势打了个滚，抵消下坠的速度，以四肢撑在积雪的地面。

右手仍握着那把刀。

左手已然麻木。

只见一根针，深深扎入他的手肘的上部。

因为他刚才情急之下，举起了左手挡针。

几乎是下意识的动作。

红丸呢?!

红丸就在不远处。

红丸站在他前方三米开外的位置，用左手捂着嘴。

鲜血自红丸左手的指缝溢出，在车灯照耀下的白雪上，留下星星点点的血迹。

平局。

红丸的眼眸中，燃起沸腾的仇恨之火。

他放下左手。

狰狞的笑，浮上他的唇角。

这是何等令人作呕的笑容。

只有一侧唇角在"微笑"。

那是龙王院弘一手"打造"的"笑容"。

红丸的嘴，几乎被放大了一倍。

龙王院弘笑了。

活该!

他一边起身，一边勾唇。

一看到龙王院弘的表情，红丸的神色便愈发诡异起来。

怎么了?

"呵呵呵……"

红丸笑了。

每笑一声，都有鲜血自嘴边滴落。

"哦，原来你也是啊——"

红丸说道。

由于嘴唇受伤，他有些吐字不清，但旁人不至于听不懂。

"你也是"？

他指什么？

龙王院弘琢磨起来。

"你可知，你此刻顶着一张怎样的面孔？"红丸喷着血沫说道，"左半边脸，已然变成了中年人的模样——"

这番话宛若利刃，扎进龙王院弘的胸膛。

龙王院弘脸上确实呈现出了红丸所说的变化。

右半边脸原样未变，左半边脸却与三十多岁的男人无异。少年与成人的面容，竟同时存在于他的脸上，各占半壁江山。

"原来……你也有伯爵病……"

红丸喃喃自语。

就在这时。

"千……绘……"

远处有声音传来。

分明是羊太郎的声音。

2

羊太郎的声音，从红丸和龙王院弘先前来的方向传来。

声音愈发接近。

眼看着赤身裸体的羊太郎现身在雪中。

羊太郎踉踉跄跄地走到龙王院弘和红丸之间。

"这座大坝是我的，是我建的。我还献上了人柱——

"嘻嘻！"

他笑了起来。

"久我沼家族终将名震全国，绝不会止步于木祖川镇。选举……我要参加这次大选……"

他在雪中起舞。

已然疯癫。

疯癫的羊太郎在雪中舞动许久。终于，他的目光落在了红丸身上。

"哦，红丸……"

羊太郎走向红丸。

"红丸啊……"

羊太郎紧紧抓住红丸。

红丸裂开的唇，浮现古怪的笑。

红丸悄然抬起右手，轻轻"敲击"羊太郎的左耳。

只见尖利的金属针头，赫然钻出羊太郎的右耳。

红丸用右手持的针，贯穿了羊太郎的双耳。

羊太郎的身子猛然一抽搐。

一抽搐。

再抽搐。

两次弹跳似的抽搐后，羊太郎迈开步子。

在他前方，有一根齐腰高的栏杆。

栏杆之后，便是湖面。

羊太郎就这样跌到湖中。

闷沉沉的水声响起。

仅此一声。

随即重归寂静。

"你杀了他……"

龙王院弘说道。

"呵呵。"

透过红丸嘴唇的裂口，甚至能看到其口腔深处的牙齿。

龙王院弘再次与红丸正面对峙。

他的左臂已无法动弹。

"继续……"

龙王院弘话音刚落。

"慢着。"

沙哑的声音响起。

竟是寒月翁的声音。

只见寒月翁站在乱癸身边。他已在乱癸的帮助下，让黑伏上了自己的身。

寒月翁怀抱着仍在昏睡的小茂。

寒月翁手臂发力，闭上眼睛。

"小茂，爷爷对不起你……"

他用无比哀戚的声音喃喃自语。

随即睁开眼睛。

将怀中的小茂默默交给了圭子。

"总有个先来后到……"

说着，寒月翁缓步前行。

虽说他此刻用的是黑伏的力量，但他的肉身早已与亡者无异。即便能动，也撑不了多久。

"寒月翁，你还没死吗？"

红丸说道。

"我还不能死。只要你还有一口气……"

寒月翁徐徐动作。

红丸也动了。

他们盯着对方，走出弧形的轨迹。

圈子逐渐缩小。

"啧！"

突然，红丸向侧面一闪，随即发足狂奔。

朝向他一路开来的那辆车狂奔。

似是下定决心要逃。

乱癸最先察觉到他的意图。

与红丸同时行动起来。

挡住了红丸的去路。

然而，双方都未就此止步，而是继续疾驰，迎面相撞。

相撞之后，乱荚与红丸分别闪避到左右两侧，二人面对面。

"你的对手在那儿呢。"

乱荚说道。

"你要挡我的路？"

红丸说道。

"不好意思。"

乱荚的右手，拿着一根尖利的针。

在双方即将相撞之时，红丸朝乱荚的眼睛射出此针。

寒月翁缓缓走近红丸。

"啧。"

红丸向后退去。

寒月翁步步逼近，表情已然生变。

眼看着他的上下颌，连同鼻子，正要向前凸出。

鼻子向上翻起。

脸的表面，浮现出无数白色的玩意。

分明是一根根正在冒头的白色兽毛。

寒月翁在行走的同时，逐渐化作兽人。

"呜！寒月翁——"

又一根针，扎入寒月翁的额头。

一根。

又一根。

红丸接连射出的针，一根接一根地刺入寒月翁的头部。

额。

喉。

眼。

口。

鼻。

寒月翁却步履不停。

"嗯?!"

红丸正要逃跑,寒月翁骤然袭来,迅疾如野兽。

他一把抱住红丸。

"与我同归于尽吧。"

寒月翁说道。

红丸的面容立时扭曲。

"呜!"

红丸逐渐移动,仿佛正被寒月翁拖着走。

被黑伏上身的寒月翁,在力量层面更胜红丸一筹。

前方正是那深不可测的黑暗。

"呜呜!"

红丸用手指猛戳寒月翁的眼睛。

即便如此,寒月翁仍不松手。

红丸的面容已然生变。

而变化的速度,恰似水缓缓渗到地里,改变了土壤的颜色。

一条条皱纹,逐渐布满红丸美丽的容颜。

眼看着红丸的脸,渐渐老去。

变成一张老者的脸。

方才出现在龙王院弘半边脸上的变化,正在红丸的整张脸上重演。

"红丸?!"

龙王院弘惊呼。

然而，他也不确定自己的声音有没有传到红丸耳中。

红丸面部抽搐。

强劲的力量罩住了红丸，推着他前进。

前方的空间漆黑一片，下方深达百米，隐藏在数以亿计的雪花之中。

寒月翁的目的显而易见。

他是打算带着红丸，坠到其中。

两人已逼近地面的边缘。

此时此刻，红丸已彻底换上老者的面孔，乍看与寒月翁的年纪不相上下。

曾经俊美的脸庞，布满深深的皱纹。

"多有趣啊，红丸……"

寒月翁喃喃道，咯咯一笑。

"刺啦。"

红丸一口咬上寒月翁的脸颊。

"错了，红丸。这样才对——"

寒月翁如此说道。

深深咬住红丸的喉咙。

"哈嘻……"

似哨声的响声漏出红丸的双唇时，两人的身影已然翻过那齐腰高的栏杆，消失不见。

"寒月翁……"

乱奘、龙王院弘和圭子冲上前去。

遥望大坝下方。

却什么都看不到。

呈现在眼前的，唯有数以亿计的雪花，与吞噬它们之后依然幽深的黑暗。

"黑伏——"

这时，忽然有声音传来。

发话的是圭子怀中的小茂。

小茂挣扎起来。

圭子把他放在雪地上。

小茂在雪地上站稳，环顾四周。

"你去哪儿了？黑伏……"

小茂说道。

这个男孩还以为，自己上一秒还在久我沼的宅院中。他显得很是疑惑，不知道为什么本应在自己眼前的黑伏不见踪影了。

"我一直在找你啊。每日每夜都在找。我看到爷爷把你埋在地里了。你只有头露在外面，叫得那么难过，吃的东西明明就在眼前，却一口都吃不上——"

小茂迈步前行，追赶早已不见的黑伏。

寒月翁行蛊毒之法的情景，似乎正浮现在小茂眼前。

"我都撞见了，挨了爷爷的一通训斥。从那时起，我就一直在找你啊——"

小茂好像都不知道那条狗曾栖居于他体内。

"回来吧——"

小茂张开双臂。

却没收到任何回应。

唯有雪花在暗天飘舞。

"小茂……"

龙王院弘走向小茂。

容貌已恢复如初。

圭子的声音，硬生生哽在喉头。

"黑伏……"

男孩对着狗消失的虚空喊道。

"黑伏——"

声音又尖又细，哀切无比。

小茂唤着狗的名字，泪流满面。

乱癸站在他身后，将哭成泪人的男孩温柔地裹入自己的臂弯。

Yamigarishi – Kuron no Ô, 2
Copyright ©1988 by Baku Yumemakura
First published in Japan in 1988 by Tokuma Shoten Publishing Co., Ltd., Tokyo
Simplified Chinese translation rights arranged with Baku Yumemakura
through Japan Foreign-Rights Centre/Bardon Chinese Creative Agency Limited

著作权合同登记号：图字 18-2022-166

图书在版编目（CIP）数据

暗狩之师.昆仑王.下/（日）梦枕貘著；曹逸冰译.—— 长沙：湖南文艺出版社，2023.10
ISBN 978-7-5726-1409-5

Ⅰ.①暗… Ⅱ.①梦… ②曹… Ⅲ.①幻想小说—日本—现代 Ⅳ.① I313.45

中国国家版本馆 CIP 数据核字（2023）第 167419 号

上架建议：日本文学·奇幻小说

ANSHOU ZHI SHI. KUNLUN WANG. XIA
暗狩之师.昆仑王.下

著　　者：[日] 梦枕貘
译　　者：曹逸冰
出 版 人：陈新文
责任编辑：张子霏
监　　制：毛闽峰
策划编辑：陈　鹏
特约编辑：高晓菲
版权支持：金　哲
营销编辑：刘　珣　焦亚楠
封面设计：所以设计馆
版式设计：梁秋晨
出　　版：湖南文艺出版社
　　　　　（长沙市雨花区东二环一段 508 号　邮编：410014）
网　　址：www.hnwy.net
印　　刷：三河市兴博印务有限公司
经　　销：新华书店
开　　本：855mm × 1180mm　1/32
字　　数：239 千字
印　　张：10.25
版　　次：2023 年 10 月第 1 版
印　　次：2023 年 10 月第 1 次印刷
书　　号：ISBN 978-7-5726-1409-5
定　　价：55.00 元

若有质量问题，请致电质量监督电话：010-59096394
团购电话：010-59320018